殿堂

DIANTANG

凌晓晨◎著

黄河出版传媒集团
宁夏人民出版社

图书在版编目(CIP)数据

殿堂 / 凌晓晨著．—银川：宁夏人民出版社，2020.9

ISBN 978-7-227-07259-1

Ⅰ.①殿… Ⅱ.①凌… Ⅲ.①诗集-中国-当代 Ⅳ.①I227

中国版本图书馆 CIP 数据核字(2020)第 164892 号

殿堂 凌晓晨 著

责任编辑 杨敏媛
责任校对 白 雪
封面设计 文飞燕
责任印制 陈 哲

黄河出版传媒集团
宁夏人民出版社 出版发行

出 版 人 薛文斌
地 址 宁夏银川市北京东路 139 号出版大厦(750001)
网 址 http://www.yrpubm.com
网上书店 http://www.hh-book.com
电子信箱 nxrmcbs@126.com
邮购电话 0951-5052104 5052106
经 销 全国新华书店
印刷装订 四川金邦印务有限公司
印刷委托书号 (宁)0018227

开本 880 mm×1230 mm 1/32
印张 9.25
字数 200 千字
版次 2020 年 9 月第 1 版
印次 2020 年 9 月第 1 次印刷
书号 ISBN 978-7-227-07259-1
定价 56.00 元

将个人体验化为诗意现实

——凌晓晨诗集《殿堂》序

张德明

诗歌是一种对日常生活加以整合、改造与重组，并用诗性精神将个体经验唤醒与点亮的语言艺术。因为有了诗性精神的照耀，诗人才可能将零散的、琐碎的、并不集中的个体生命经验，转化为真真切切的诗意现实。墨西哥诗人帕斯曾经说过：“与其说诗歌是情感的抒发，不如说是一种富有生命力的活动。我们并不热衷于讲述个人的事情，像亲自从事什么使我们名扬后世的事情那样……对我们来说，诗歌是一种行动。或者说，诗歌是一种对精神的陶冶……只有作为感受，也就是说，只有作为我们的生活经历，大家才对诗歌发生兴趣。”帕斯的话告诉我们，诗歌总是与我们的感受相连的，总是与我们的生活经历相连的。我们只有将个体感受和生活经历进行艺术处理，掺入审美的艺术因素，个体体验才可能向诗的性能转化。诗人做的工作，就是要有意识地提炼个人体验的诗性潜能，将其不断转化、蜕变成诗意现实，最终酿成充满思想性与艺术性的诗歌文本。

诗人凌晓晨就是一个善于从事这种转化工作的创作能手，

他在现实中体验、感受和发现，随后凭借自己积淀已久的诗学功力，有效地将观照和发现到的世界奇观、体验和感受到的生活情节、咀嚼和品味到的生命真意，悄然转化为充满诗意的分行文字。凌晓晨的诗歌创造力是极为强劲的，继《黄土色泽》《水荒》《火眼睛》之后,他又推出第四部诗集《殿堂》，再度用充满诗意的话语，将点点滴滴的个体生命体验加以艺术提炼和阐发，给人带来诸多思想启迪和美的回味。

诗人都是多愁善感的人，他们的足迹踏向哪里，哪里就会在他们眼前生发出诗意的火花，漾开一轮又一轮美的涟漪。正所谓“登山则情满于山，观海则意溢于海”（刘勰《文心雕龙·神思》）。所到之处皆有诗，这是诗歌与世界联通的自然之道，也是凌晓晨文学创作的某种内在玄机。到了延安，他就情不自禁有了心理“反应”：“人都有过童年，有过天真/有过梦想和面对未来的真理/到达延安的一些反应，你的梦想/会落地生根，会很结实地埋进土里/在路上，在河旁，在山顶/在每个窑洞前，结晶童年的那段时光”（《到达延安的一些反应》）。并在延河水中听出了“光亮”：“延河的声音，就是黑夜密封的星光/延河的语言，就是谷穗上低垂的金黄/听懂水，就听懂了疾走的光亮”（《听延河》）。即便离开延河很久，也会时时想起：“想起延安，清明之后的天空便无限拓展/黄土地吹拂的江山，汹涌翻滚向前/是到达，也是永远出发的地点/我心中扎下的根，亮着山丹丹花开的灯盏//想起延安，热泪将混浊迅速还原/无论来时的艰辛，还是再次出发的期盼/你都是我，最后彻底的血液沉淀/灵魂深处的光束，归于永远//想起延安，梦想就会继续/漂流的心绪就会靠岸，走在你身后/踩碎昨夜的黑暗，我一步一步”（《想起延安》）。延安在诗人的诗句中，焕发出诱人的光彩，充满感人的力量。

诗人到了泾阳，便见这里山水相连，情意汩汩：“流水，浮游万千个意识和灵魂/山脉，凝重远古的力量和沉默/遇到峡谷之后，河流咆哮而出的声音/激活生命再次诞生的神秘”（《张家山》）。也看到此处的堡寨今非昔比，换了天地：“而今的安吴堡，仿佛历史航行的灯盏/照亮财富行走的路线，万户千家/梦境可以一夜之间实现/千家万户，如同一股思想的清流/沿冶峪河的渠道，滋润心田”（《泾阳安吴堡》）在泾河地带，诗人竟然找到了“大地的原点”：“不用设定，中心就在你的足下/你心跳中隐含的槌击，肯定会有回音/源自万物内部的核心//穹顶之上的星空，旷野无极的四维/多少阶梯，可以测量/一颗红宝石，幻化次第盛开的花蕾”（《大地原点》）。诗人穿行在大地之上，在山水草木间驻足、倾听、观看、品味，发现此间存有的真意，此间流淌的美感，所到之处的诗意潜能，于是被纷然激活。其实山水本无意，山水之意，只是多情的人们赋予它的。也就是说，诗人对山水的关注和体察，是体现出自我的经验特征的。山水彰显的情感，也正是诗人主体将自我经验与情感投射其间而生成的结果。

对于感觉敏锐、情感丰富的诗人来说，不仅所到之处皆有诗，而且所见之物也皆有诗。诗人非同常人，他们总是带着宽广的诗化视角来审度外在世界，这个时候，“人间世界开启了宽广的视角，充满了崭新的明亮”（波德莱尔），所有被诗人目光所凝望的事物，无不吐露出诗歌的馥郁芬芳，绽放出情绪昂扬的诗意花朵来。诗人凌晓晨看到杏花，那杏花就是美的所在：“一年一次相会，都是从远处看你/我心中的柔情如同流水/有着不尽的愁绪，从陌生到达熟悉//我关注你的眼睛，犹如在我的体内/那种生长，带着春风和春雨/风是温暖的风，雨是温暖的雨”（《杏花》），在诗人看来，杏花的生长，是“带着春风和春雨”的，这是多么惬意和温馨的生长图景啊！诗人见到槟榔树，那树就焕发出奇异的人性光彩：“迎风的槟榔树，仿佛孤立我的思维/我胸口的湿热，沿着树干上的环纹/递增一架木板上层层叠叠的云朵/那绣床斜凭的海边，诱惑一切/笑向檀郎的口唾，红潮初登的面颊/已经吐露红唇含齿的承诺”（《醉槟榔》）嚼槟榔就像是在领受黎族人性格的豪爽和内心的芬芳：“告诉我在咀嚼什么？在海口的街道/剖开心胸的青涩或者熟黄，渗入肺腑/瘴疠之气才能吐出来，消解/黎族人特有的豪爽，聚集在内心的芬芳/与一丛青葱般的槟榔树，相对摇晃”（《醉槟榔》）。此情此景，怎不让诗人身心皆醉呢？

进入竹海之中，看到海洋般的竹林，诗人不禁在此邀朋举杯，生出醉而忘己的道家情怀：“是否可以？真正沉醉一回/忘记前身后世，忘记江山美女/让心灵虚空，如同竹节内部的传递/等待明晨阳光中的飘飞”（《醉竹海》）这种忘怀自我、虚空欲飞的精神境界，也许只有淹没于大千竹海的茫茫之中才能催化出。诗人到了河北承德，在塞罕坝林场领悟出原始森林携有的某种生命蕴意：“一棵树与另一棵树并列，叫作森林/林中的路，往往断绝时空/在杳无人迹之处，如此遭遇/隐没伤悲，或者填埋往昔的记忆”（《塞罕坝》）。面对阳光下融化的冰凌花，诗人不觉感叹道：“当阳光开始收割，舒展/在我手心的籽实，渐渐冰凉/结晶光阴的温柔，在枝叶间爬升/犹如一场爱，过去了/才知道永恒”（《冰凌花》）。诗人目光所见之物，一旦被纳入笔端，无不显得诗意隽永，情深意浓。世间万物或许都有自己生命的轨迹和生存的意义，但它们所表露出的诗情画意，一定意义上并非实际存在于事物之内，而是由多情的诗人赋予的。“感时花溅泪，恨别鸟惊心。”很显然，花朵流泪，鸟儿心惊，这并非是花朵自身实有的情感，而是人类情感借助花和鸟的身体而折射出来的结果。在这里，花与鸟所表现出来的情感基调，无不熔铸着诗人杜甫独特的个人体验，只有当诗人将独特的个人体验转化为可触可感的诗意现实时，“感时花溅泪，恨别鸟惊心”这样的翡翠诗行，才能被巧妙地酿造出来。凌晓晨笔下描写的杏花、槟榔、竹海和冰凌花，都鸣奏着美的旋律，给人带来阅读的快感，这也同样得益于诗人将自我的个人体验，有效地转化为诗意现实的神奇创造力。

在当下全媒体时代，发表尤其是网络发表的方便快捷，使当代诗坛充斥着不少无难度、无深度的“低沸点”文本，对于这种“低沸点”文本，著名诗人西川就特别反感，他曾说：“那种低沸点的写作，写来写去，写了一大堆东西，有什么劲?”（《大河拐大湾》）相比较来说，凌晓晨的不少诗歌都可算作“高沸点”文本，也就是说有修辞难度、有思想深度、有体验力度的文本。最有代表性的就是诗集中收入的同名长诗《殿堂》，这是对中国建筑的一次诗性阐发，同时也是对某种人文精神的艺术颂赞。从词语本意看，殿堂是指中国古代建筑群中的主体建筑，包括殿和堂两类建筑形式，其中殿为宫室、礼制和宗教建筑所专用。堂用途为祭祀祖先，怀念先贤英烈等。可由官府或民间权威设立。从词语渊源上看，堂、殿之称均出现于周代。“堂”字出现较早，原意是相对内室而言，指建筑物前部对外敞开的部分。堂的左右有序、有夹，室的两旁有房、有厢。因此，这首诗的原初表达目的，正是立足于对中国古典建筑的观察、思忖与描摹，借此表达对传统文化与思想的某种深厚理解。从词语的引申意义上说，殿堂还有高大、圣洁、威严等诸多语意，这首诗又对某些令人敬仰的精神风度和人文高标加以钟情的礼赞，将诗人内心追慕的崇高理想和远大志向彰显出来。长诗《殿堂》集中了凌晓晨深广、丰富、多样的人生体验，经过诗人的艺术处理，又转化为意象繁复、情绪错杂、思想深厚的诗意现实。它所体现出的不俗的思想性与艺术性，令人叹为观止。

总体来看，凌晓晨的诗歌作品，无论是短制还是长篇，都具有值得肯定的艺术强度，集中体现着诗人能有效处理个体经验，并将其转化为诗意现实的创作能力。有了这种能力，我认为他还能继续创作出更多更好的作品，给我们带来不断的惊喜与感动。

2019 年 2 月 13 日，于南方诗歌研究中心

（张德明，文学博士，岭南师范学院文学与传媒学院副院长、教授，南方诗歌研究中心主任，西南大学中国诗学研究中心客座研究员，中国作家协会会员。已出版《新世纪诗歌研究》《百年新诗经典导读》《吕进诗学研究》等学术著作 10 余部，出版诗集《行云流水为哪般》等。获 2013 年度“诗探索奖”理论奖、《星星》诗刊 2014 年度批评家奖等奖项。）

目　录
CONTENTS

第二辑　许诺在今夜

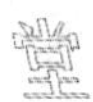

第三辑　殿堂

第四辑　黄金树

第五辑　芳心

第一辑　红透的天空

想起延安，清明之后的天空便无限拓展
黄土地吹拂的江山，汹涌翻滚向前
是到达，也是永远出发的地点
我心中扎下的根，亮着山丹丹花开的灯盏

想起延安，热泪将混浊迅速还原
无论来时的艰辛，还是再次出发的期盼
你都是我，最后的彻底的血液沉淀
灵魂深处的光束，归于永远

想起延安，梦想就会继续
漂流的心绪就会靠岸，走在你身后
踩碎昨夜的黑暗，我一步一步
相信风吹走的尘烟，是一望无际的蓝

——引自《想起延安》

到达延安的一些反应（组诗）

鄂尔多斯台地

从渭河谷底爬上来，凝固上升的时间
一路装在胸间的山川
变得十分低矮，咀嚼草籽的肠胃
在高原上，把全部地形呕吐出来

如同沙丘上的风，滚动沙蒿蒿的柔软
脚步腾空，长城在视野之外穿过
一条线，在渐绿的沙漠中感觉
山高水绿，晾晒蓝天下的成因

毛乌素太低了，低到曾经的荒凉
握在手心的山包，拥有温柔的热浪
滚烫的夏季，殊途同归
把滩地上耸立的抽油机，全部揽进怀里
我认出深渊内闪光的灵魂

是一块煤，告诉我知行合一的叶脉
亿万年前，在地下积存
鲜艳如初的花朵，也盛开在地心
古旧的时间之轴上，旋转风的颜色

过志丹

抑制住心跳，或者掏出心来
脚下的路，我踩在谁的脚印上边
这一段黄土路，有多少脚印
厚重时间增长的概念

我端不起一只碗，拿不起一双筷子
碗内的小米饭，喂养过多少英雄好汉
映照我面貌的那个瞬间，是否知道
我的手，有谁的指印和体感

在夜晚，聆听窗外的月
体会黑暗无尽的弥漫，那守夜的灯光
倾斜整个山坡，倒影覆盖着河面
流水传递的消息，惊醒了山川

想起延安

想起延安，以阳光堆积的高原
瞬间挤压在我的胸间，黄土如水

携带每一个颗粒之间的温暖
洗涤我，命运中的许多苦难

想起延安，清明之后的天空便无限拓展
黄土地吹拂的江山，汹涌翻滚向前
是到达，也是永远出发的地点
我心中扎下的根，亮着山丹丹花开的灯盏

想起延安，热泪将混浊迅速还原
无论来时的艰辛，还是再次出发的期盼
你都是我，最后彻底的血液沉淀
灵魂深处的光束，归于永远

想起延安，梦想就会继续
漂流的心绪就会靠岸，走在你身后
踩碎昨夜的黑暗，我一步一步
相信风吹走的尘烟，是一望无际的蓝

听延河

熟悉的声音，从山坡上滚下来
我已经听惯了。站在土塄坎上招手
你知道，聚集的时间来了

过去是在尘土飞扬中行走
如今是在绿叶的间隙里瞭望

你听延河，是在每一个草尖上延长

延河的声音，就是黑夜密封的星光
延河的语言，就是谷穗上低垂的金黄
听懂水，就听懂了疾走的光亮

到达延安的一些反应

摇篮，有藤条编织的
也有木条钉制的，摇篮在这里是土的
这里的土是黄色的，是风吹来的
在沟谷的悬坎上，你可以看见
黄土的揭穿，接近一颗心的层理

人都有过童年，有过天真
有过梦想和面对未来的真理
到达延安的一些反应，你的梦想
会落地生根，会很结实地埋进土里
在路上，在河旁，在山顶
在每个窑洞前，结晶童年的那段时光

有些反应是呕吐，是反胃之后的清醒
是交出心灵的虚空，再低一些
再低一些，你知道心慌的感觉
成就一种成长，在波浪起伏的坡地上
摇篮摇摇晃晃，你的手

需要抓住一道道起伏的黄土山墚

安塞腰鼓

一座山，是一只鼓
许多墚塬沟峁，同时敲起来了

黄土坡的鼓面上，每次耕作
都在震撼，所有农具的槌音和雀跃

红绸子欢跳，白羊肚手巾舞蹈
疯狂地下的呼唤，山动地摇

这道墚过了，那道墚还在敲
一颗心，悬在了半山腰

红透的天空

如此铺开的喜庆，总有故事
隐藏在欢乐的背后，包括你所有的爱
一片大红，才能说明江山熟透的根由

因为红色的核心，泛滥着金黄的内容
涌动的波浪，携带着梦想
层层递进的方向

红的方式，无论如何飞扬
都不是过分的夸张
红透的天空，在内心奔走
具有永恒的势不可挡

到达陕北

你理解的遇见，是在冬天
那些穿越命运的严寒，或者苦难
是否一个旗帜，一个枪杆
或者帽子上的红星闪闪

我所理解的遇见
是一个孕育中国的邂逅
是握手之后，可以想象亿万
是坐在我身旁的，黄土塄坎
姿势，不会改变

艰　苦

旗帜是树，枝干的力量是血
也是一种还原的铁
坚硬的生活背后，一种睿见
一种完全合适的判断
永远在风中招展

延河水

岸边，同一股水流
多少馈赠，多少叮嘱
可以用青春的倒影，或者期待
定格历史中的英勇

洗掉的是尘埃，冲淡的是污垢
也许是一九四三年的血液，连同
今天宁静的夜晚
昨日的爱情，痛苦和死亡
如今饮尽在这条河上

夜空告诉你，延河是不枯的
暗含星光无限的流淌
一杯接着一杯，月光告诉我
水流，在梦中也会生长

故　事

据说远古，树很粗
山丹丹花草越过人肩

许多年后，砍倒了树
草根被洪水刮走，遍地风吹黄土

后来，有人种植农民的思想
红色的梦想，一直向上成长

再后来，有人秀美山川
沟沟坎坎，森林草原

陕北一隅

从塬顶上，慢慢地走下来
转弯处，两孔窑洞已经塌陷

曾经住过人，也曾经遭受枪战
破旧的门框上，有几个被射穿的枪眼
窑洞之间的龛内
也曾经住过母鸡，下过蛋

几根枣刺围着土龛，其中有蛋壳
我心痒痒的，有母鸡下过蛋
我拖着两条腿，走下了塬

寻找亲戚

我爷爷说，他住过的地方在第五排
他说东家姓刘，而他曾经姓牛

我仰起头，一遍又一遍

点数乡村大道之上的窑洞

只有四排，难道他的记忆
如同听力一样，失去了判断

我询问乡亲，一遍又一遍
当时的红军很多，没有姓马的小伙

我打电话回家，再问爷爷
关于窑洞，我始终没有数清

在延安

在延安，感觉头脑被洞穿
两岸山脉压挤我的神经，思维在缩短
川道中的风，吹送我逐渐走上高原
枝叶一样的沟壑，连接每个窑洞
渗透万千劳苦大众的心田

在延安，感觉根须在地下无限伸展
每眼山泉，在岩石的裂隙中呼唤
红旗是一种象征，引导奔流到海的姿势
永远不会改变。如今水清了山绿了
地下的火焰继续点燃

在延安，根扎得很深

何止万年亿年，每个窑洞
每一粒黄土，都沉淀在庄稼人的心坎
幸福是一种期盼，美好更是延续的梦幻
这条道路，是中国未来飞翔的航向

延安窑洞

看见那些窑洞，就想到眼睛
仿佛充满窑洞的空气，化为透明的液体
盈盈地映射出黄土的灵魂，天下
成为倒影，居住在你的内心

一排排，站立在崖畔上
如同睁开的眼睛，注视山谷中的河水
仰望塬上的庄稼，成就岁月
延续世世代代传承的梦想
窑洞是内视的，油灯点亮的时光
连接黎明之后到来的朝阳

窑洞里积存的想象，储备了
无限爆发的可能和巨大的能量
看见那些窑洞，打开的天窗
是对整个星空无限的瞭望

金花茯茶（组诗）

张家山

流水，浮游万千个意识和灵魂
山脉，凝重远古的力量和沉默
遇到峡谷之后，河流咆哮而出的声音
激活生命再次诞生的神秘

蓄势向下的决心，撕碎苦难纠缠的噩梦
储备到达千家万户的光明
让每一枚草尖，跳跃生命的灵动
让弯曲盘旋而行的山路，重新激活
万里山川蓄谋已久的风景

张家山，一次性在山口敞开
张家山，不仅仅是座山，山下的河水
从此一直向东，指引一个民族精神的延伸
最终到达，黄土塬想象中的海洋

金花茯茶

虚构一次事件，与波斯少女有关
从西域经过千山万水而来，最后抵达
泾河岸边，一个小小的客栈
她惊恐的眼睛，可以穿透足下的尘埃
她坚强的内心，可以经受无数灾变

虚构她只有八岁，距离成熟还有十年
十年之间，她捡拾浸湿的茶瓣
十年之间，她用歌唱呼唤内心的质变
她在等待命运错失的驼队
以及泾河中风浪打翻的货船

不是虚构的水土，可以养育
一群人贩运茶叶的习惯，波斯少女
流干泪水，充满生命需要储存的时间
她证明事物的本质，不在表面

譬如茶叶，一枚树叶
翠嫩新鲜，据说清明之前用嘴唇
采摘时光的浓淡，季节关注饮食的生产
譬如饥饿和压抑，譬如一件小事
在回忆的时候，已经偏向梦幻

不是虚构，也不是传说的续延
那闪烁的金花，经过十年时间的磨炼
焕发出灵魂飞翔的路线，她长大了
胸前揣着一坨清香的茶叶，骑上白骆驼
向西返回，丝绸之路金霞弥天

白菜心

如何理解一片区域，水土的差别
仿佛一棵硕大的白菜，外表和内层
粗糙和精致，苍老和鲜嫩
选择舍弃，如何回到感觉的核心

白菜心，处于一片区域的内部
需要细致的剥离和过滤，你才能认知
一个泾阳，拥有花瓣曾经的幸福
江流，石桥，桥底这些名称，以及
池阳，云阳，寓意的那些内容

如今遍地大棚蔬菜，季节
在一座棚内颠倒，呼吸可以自由安排
夏天不热，冬天不冷
植物开花授粉，取代电灯和风机的理性
光合作用，淡化了天然的物性

如何理解花蕊，或者自我的完美

仿佛一棵硕大的白菜，发芽和展叶
吸收和灌溉，卷心和散开
相拥热爱的白菜心，从其中跳跃出来
说，你怎么能够回避

泾阳安吴堡

旧址里，你的身影经历多少洗礼
在转角楼下，露出生活细腻的衬里
青年训练班门前的灯笼，映红
沿路石砌的台阶，檐下的天井和回廊
丰腴了一个村庄拥有的雨季

曾经设想冶峪河的水流，储蓄成湖
连通天下的水体，月光映照湖面
航船帆影，等待千里之外消息的延续
或者西域前行的驼队，沿子午岭而下
驼铃声响，打碎易物交换的程序

而今的安吴堡，仿佛历史航行的灯盏
照亮财富行走的路线，万户千家
梦境可以一夜之间实现
千家万户，如同一股思想的清流
沿冶峪河的渠道，滋润心田

穿梭往来，都是纪念

一颗心，在恩怨中容易走偏
安吴东院，一个女人支撑着蓝天
陕北公学，培养英雄万千
她虽然走了，红色的天空更加灿烂

崇文塔

仰止的高度，由凡夫变为圣者
你我不再落入恶道，七生定能解脱
四野之内，八水绕长安
叠折外伸的平台，巡回的腰檐
曲折而上的心，面对龛内神像
静静地站立

崇文是砖塔之最，八角棱体
八棱重檐八卦悬顶，向上向善向美
角挂风铃，熟读四百多年变迁的经文
砖砌台阶，铜葫芦预示的福音
从塔顶上眺望，形态各异

每座塔，都在叙说一个平凡的身体
晨曦月夜，迷离风雨
长安城外苍茫之色，始终是一只手
收笼洗礼，由内而外燃烧
最后，照亮每一个孤独向上的灵魂

告慰右仁先生

先生魂归故里的方向，应当朝西
池阳云阳，并非署名三原右仁可以代替
海峡之外，泾阳是你最初的故里

先生心怀天下，终生护国
瞭望大陆，临终心系故土
我想你灵魂落脚的地方，实难选择
你的灵魂飘浮在哪里？是否俯瞰
今天的空港新城以及泾河新区

我愿你的灵魂降落，穿行你幼年的足迹
你的心思，可以再次成长发育
你的渴望，可以延续民族复兴的阶梯
你掩上房门的一刻，应该惊喜
一盏红烛，镜像中的你没有胡须

先生魂已归来兮，站在泾河之北
安吴崇文，游人如织，贫穷已经解困
海峡内外，必将亲密统一

谒吴宓墓

挥手告别的时代，如同碑石树立

我无法抬头，历数你纵横天地的学问
应该完成的你早已经完成，教授
我为你的晚年，屈膝下跪

四十多年过去，嵯峨山低头默认
吴家陵园四周，现代农业裂变传统肤肌
蓝色的厂房，巨额的大棚经济
你们一家的富足，已经散落千家万户
成为街头巷尾议论的话题

冶峪河滋润塬上，十七个村庄的土地
泾惠渠东流灌溉，塬下百万亩田林
新时代的号角吹响，许多贫困户
用微笑搬入梦想的新居

你的死亡是告别，也是重生的记忆
我在心中默念：“头可断，孔不可批”
今天的幼童倒背如流，弟子规
给我水喝，我是吴宓教授
我伏身向你告慰：祈愿你灵魂安息

手捧泾河水（组诗）

泾渭分明

心怀各自的路途，你我没有并行
一个从北向南，踏上征程
一个从西朝东，波涛翻涌
相遇在一个广阔的谷口，选择相拥

不仅仅是个隐喻，暗藏千年的智慧
相互汇入，在一条航道里前进
也许有许多种方式，侧身向你贴近
天下所有清流的聚会，都曾经弯曲

并肩走向远方，清浊相互依存
远方很远，恩爱从来没有黄昏
激流的倾向，可能因为地貌
从古到今，翻转了多少轮回

浊者自浊，清者自清

乡间渔樵的对话：欺人永不欺心
泾渭分明，河岸上的风景一致
海的低凹，不是谁跌入谁的渊底

手捧泾河水

手捧泾河水，想当年的郑国
如何启动耗尽天下的决心
让河流改道，深入每一块田畴
舒展耕战合一的秦国愁眉

手捧泾河水，想两千多年的光阴
如何传递庄稼蔬菜的根
让树木花草的繁荣，给予秋天的圆月
宁静中回眸的浅淡和美丽

手捧泾河水，天下的山水
在胸前突然陡立起来，千里沃野
树立帝王的雄心和百姓的愁悲
让情爱的含义，倾向下游的阶梯

手捧泾河水，能够捡回多少青春
在每一棵树梢上绽放光辉
让泥沙滑过指尖，让水中的尘埃负重
让南北相向的激情，滋润东西

大地原点

不用设定，中心就在你的足下
你心跳中隐含的槌击，肯定会有回音
源自万物内部的核心

穹顶之上的星空，旷野无极的四维
多少阶梯，可以测量
一颗红宝石，幻化次第盛开的花蕾

站在泾河之北

此刻是正午，我站在嵯峨山顶
泾河之北的土地，向南延伸
河水，仿佛旧事物一样从容不迫
山脉中的石头，隐忍不语

我看不见卖葡萄的女人，也看不见
手握向日葵的男人，树木和房屋
如同冲上云霄的云丝
或者彻底沉没在薄雾一样的水底

神话一样，阳光的幕帘巨大无比
谁让月亮退回想象，星星们隐身
留下影子前倾的土地，在此刻

不属于你我，也不属于他们

郑国渠

如果没有大地，水流就是瀑布
倾注的方式，因为渠道是人为的拥护
相信风云不问人事，相信流水
能够灌溉万古以来的忧伤

度过岁月的沟壑，让青山轻轻抱着
叙事的细节是为了辽阔
是细流延续的尾部，一堆低语的火
解释战争，是忽视河流的拒绝

看电视剧《那年花开月正圆》

月亮圆在一个人的手上
花开在另一个人的内心，让温柔延续
让美丽感伤一种生命之旅
让遭遇体验一种身不由己的命运

让温柔如同流水，让深切不变的美丽
享受坚持的温润，让一种纯洁
救赎自我的尊重和甜蜜
让一片水域，飘离生存颤动的秘密

我在事后寻找那片水域，可以乘船
有码头可以停泊坚韧和信心
冶峪河口泾河岸边，现场遗失
戏剧的执念，是往事无法领受的欢愉

嵯峨山南

深蓝色湿润的雾气，覆盖
植物清亮的生长，一层又一层淤泥
翻晒信任，以及时间流淌的欢乐
从苦乐的瞭望中，我理解了天堂的意义
嵯峨山南，有暗河在地下爱着云朵
庄稼胆怯而激情澎湃地吸纳，金子般的阳光
含在唇间融化的清香，飘在晚上
渗入地下的水，从孤寂的山下吹过

太平杏花谷（组诗）

杏　花

一年一次相会，都是从远处看你
我心中的柔情如同流水
有着不尽的愁绪，从陌生到达熟悉

我关注你的眼睛，犹如在我的体内
那种生长，带着春风和春雨
风是温暖的风，雨是温暖的雨

太平杏花谷

一次一次掏出心中的独白，在花瓣上
我辨认你的来历，梦中相见的
姿容和颜色，以及花开的声音

回溯一段经历，让河水中的花瓣
重新返回枝头上去，让小小的青杏

隐藏在花蕊之内，让春风收缩脚步
让蓓蕾将欲望遮蔽，这一切
都曾经是我的默许

·

还原你密封的忧伤，在寂寞的时光
让无边无际的黑暗，充满视野
一时的灿烂，才有彻底的说法

梦醒杏花

春风拉开山坡，黎明倾斜阳光
春雨之后的杏花，瞬间隐藏了远方

而你，没有将我的心留下
让我铁青的身躯，把一次奉献
作为终生永恒的回答

已经足够了，聚散离合太多
能有一次若即若离的感觉
一世情缘，在梦醒的时候坠落

杏花的失眠

你已经盛开，犹如时间永在远方
我在想，你在夜晚述说着什么
那也许是最衷心的情话，在沉默中爆发

一如黑暗，紧裹着我的天涯

我将漫长的失眠，思考你
站在枝头上的想法，春风抚摸过的土地
应该确认一种孤独的意愿
无时无刻，守护你到达幸福的辽阔

青杏的味道

从童年开始，我知道你的核心
有一种甜蜜的味道，那清澈的液体
是一粒激发灵魂的水滴，通过你的唇
让我，透明生命的原因

许多年过去，有热情中的陌生
也有冷漠中的熟悉，让我血液的内部
含碱的浓度，迅速上升
我知道，你在我心灵的暗室逐渐成熟
从清亮到金黄，从金黄到绯红

当我老去，你是否仍然在一朵花之后
保持稀释生命的酸度，能够唤出我的名字
让我的灵魂在迷失中回首
那种经久不息的香味，很痛很痛

丝路上最大的马场（朗诵诗）

配乐：欢快，明亮，万马奔腾的景象。
朗诵：女声一人，男声一人；独诵低沉，和声高昂。

1

女声：
从长安到西域，永寿是第一个驿站
从西域到长安，永寿是最后一个落脚的地方
男声：
永寿距离长安最近，永寿距离西域最远
永寿对于西域就是到达，永寿对于长安就是出发

女声：
这一切演义的开始，站在游牧与农耕文明的边界
森林和草原，把万千骏马的目光擦亮
男声：
这一切故事的结束，树立野蛮与安宁交织的现场
希望和梦想，在用众多马帮的脚步丈量

女声：

渡马马坊养马庄，永寿故县监军镇
横卧在页梁以南，阳峪岭之北
麻亭古镇，犹如一把钥匙开启陇东与关中的门扉
男声：
同时聚集无数骏马，等待万千伯乐的来临
一座巨大的向斜，容纳天山脚下大漠戈壁
蒙古草原和大月氏牧民，慷慨无私地给予

女声：
几十万匹骏马相聚一起，缔造一种龙马精神
还原黄土地上，最初的英雄本色
男声：
关内关外，始终融会贯通的豪爽性格
在同一条分水岭上，如同渭河也如同泾水

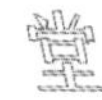

男女合：
眺望长安城的繁华，永寿这片洼地，迎接黎明前到达的商客
思念西域的勇敢，永寿这片洼地，告别黄昏后出发的伤悲

2

女声：
仍然有人记得，古历七月十二的农贸交易大会
十万亩土地，全部变成了群马的栖息之地
男声：
关中牛，陕北野驴，夹杂着宁夏的滩羊群
青海、宁夏、甘肃，还有内蒙古的无数商客

女声：
驻足下来，沿西兰公路，向东向西延伸
这是最后一次歇脚的地方，交易和买卖，纵向南北
男声：
经过冬春养育的牲畜，集中在长安之外
展现在麦田收割之后，播种之前广阔的田野

女声：
如同万众聚首的广场，如同布满大街小巷的停车场
聚集着草原的野性和雄壮，聚集着关中的豁达和广阔
男声：
马啊，马儿的气息四处张扬
马啊，嘶鸣的长安，就是梦想中的天堂

女声：
西域的风霜，你问问沿路的村庄
长安的消费，你问问底角沟的食堂
男声：
永寿等待马队的期望，永不停止地流淌
一座天然的桥梁，就是家家户户的土坑

女声：
满山遍野的青草，散发着成熟的绿光
新薅的麦秆，每一寸都凝结着农耕文明的芳香
男声：
唐僧种植的古豹榆木村可以沉默

云寂寺的和尚可以歌唱

女声：
北魏古塔可以问答，西域的牧场
在一次次交易中传递，交融而且生长
男声：
马场永远在翠屏山下，犹如关中平原
可以一夜之间到达

男女合：
站在永寿梁上，每一匹马的嘶鸣
可以越过秦岭，到达成都，到达襄阳

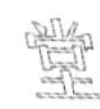

3

女声：
歇一歇脚，听一听古老的传说和故事
停一停步，讲一讲旅途中的神秘和骄傲
男声：
蒿店的一根野蒿，一夜之间长成栋梁，架在房上
安金藏曾经走在迎接武则天的路上

女声：
永寿的每一寸土地，成就天下最原始的苍茫
永寿的每一寸土地，都能听见马蹄声响
男声：
当黎明之时，乡村的第一盏灯点亮

马帮首领的哨声就是出发前的铃铛

女声：
嗒嗒声响，在每家门前，搭上沉重的嘱托
捎上一根红头绳，就是苦度年关的奖赏
男声：
当然，这黎明前的黑暗，也有温柔的呼唤
以及亲情在热被窝里，透出的滚烫

女声：
顺从先周民族迁移的路线，漆水河选择流向
黑山，槐山，娄敬山，还有五凤山的传说
男声：
古好寺，古温秀，以及唐代顺什城的辉煌
都隐藏马队夜行的欢乐和悲伤

女声：
远古，这里是丝绸之路上，中国最大的马场
远古，拥有马匹可以纵横天下，成就丰收和希望
男声：
如今，我们不会拥有一匹马，而是拥有动力和车辆
如今，我们心怀梦想，迈步走在新时代的路上

男女合：
马的历史，永远刻印着永寿的脊梁
万马奔腾的景象，就是永寿面向新时代的力量

在长安（组诗）

阿房宫

王朝的屋宇塌了，你只是传说
传说里没有女人，也没有流浪的诗歌
国是天下，王也称帝
曾经销熔的武器，在殿前的风雨中站立

十二个金人，是否还有遗存
大殿的基础尚未完成，血腥的味道
已经席卷了半个中国，我想
在去往洛阳的路上，有一个金人
至今仍然睁着一只眼睛

有人经常去遗迹中寻觅瓦片
也有人企图重建一个辉煌的奇观
让传说复活，需要饮尽多少血
才能填满欲望与无畏的贪婪

在甘泉宫

从沟谷穿过，我的心跌落在地层之间
惊呼两千年的时光，站在面前
曾经是庭院，如今是深壑峡谷以及高崖
曾经是秦直道，水流直切为沟坎
岁月在平坦的地方，给予我历史的悬念

消失的森林和草原，还有一眼甘泉
生长的庄稼，夕阳下的断碑残片
嵯峨山以北，子午岭之南
历史没有起点也没有终点，圆心
偏向我早已流泪的双眼

浅表层有许多遗迹，细碎的砖石
包括风蚀的绳纹瓦当，无数水流冲刷
经过的路线。在一处田埂上我发现
一截陶制的管道，其中有淤泥
我想那是汉代，袭击匈奴民族的梦幻

触摸汉时的泥土，感觉无知和肤浅
存在我的每个毛孔之间，因爱而生
因梦而活着的人，谁告诉你吹沙见金
尘土也难沉淀，钩弋夫人相信
爱情诞生权力，却无法明白死亡

也是权力的另一种表现

未央宫

荒芜是因为无边的厌恶和抛弃
废墟是因为曾经的壮丽和辉煌

夜未央，庭燎之光
推开窗，灯下是你向我瞭望
那目光带着我前世的余香
点燃长生不老的欲望，绝断了
巡幸的承明和椒房的清凉

千年的脚印，谁是最为敬仰的模样
侧身的转角，谁在拭泪之后微笑
让语言暗藏刀剑的锋芒，形胜之地
龙首被斩断，樊川会经历怎样的悲伤
相思，几度火烧吉祥

留下的，都是被梦击碎的沙砾
离开的，是鲜血耗尽后的苍白

在汉长安城遗址

雨中，我站在城墙的一角
想象这个巨大的庭院，拥有的灿烂

每个角落，折叠着无边的时间
曾经如何烧毁，如同一个人的尸体
被泥土吸收，然后从另外一个空间
生长出来

比如凡尔赛，比如东京
比如迪拜的哈利法塔，过去的目光躺着
如今的目光已经站立起来了，窗眼
逐渐上升，而且每双眼睛
因为时刻不同而不同，屈辱的个性
不会面对强权而选择跪姿

那么倒塌，就是因为一双眼睛
一双可以瞭望远方的眼睛，让历史缺少
一些简单的层次，仿佛绘画没有风景
水中没有山水的倒影，饮血的年代
只能服从摧毁或者战争

下雨是一种过程，被雨淋湿需要勇气
假如能够让所有的水意返回天空
让云朵回归海洋，风暴缩小为热流
海洋平静一如池水，长安城内
全部种植小麦，我是否能够看得清楚
隐藏在每一滴雨水中，汉朝闭合的眼睛

大唐芙蓉园

水幕中的幻影，坐拥多少增加的热量
踏水而来的少女，似乎丰乳肥臀
高挽的发髻间，是否真有银钗支撑着
造型的真相，火焰从水面上升起
芙蓉园，三百亩荷花瞬间荡漾
时间的对接处，埋藏很深的箭伤

有人拍了拍我的肩，回头就是唐朝
那时的我，肯定孤单一人
斜靠在一棵柳树旁边，在想宵夜的点心
是不是包含有核桃的内瓤
至于贵妃娘娘，至于云想衣裳花想容
那是一个诗人疯狂之后的梦想

大唐西市

那些雕饰，刻着我的父亲和母亲
木的，石的，玉的，还有编织的形体
尽管容貌歪曲，许多故事的内容
篡改得面目全非，我还是在说
根扎的地方，很深很深

市场需要出发的地点，价值

在时间的纵轴上被唤醒，行走的冲动
只需要流浪的爱情，去远方横陈自我
相信一个人等你，让肉体诀别
只留下单一明亮的灵魂，虚假
就会超越生存

过盛的精力在溢出的方向上寻找目的
物品仅仅记载比喻，英雄
往往与笑话并存，遥远也只是潇洒
过后的沉醉，触摸一线纹理
将手指伸进太阳炽烤的沟谷，月亮
拒绝夜晚逃逸的空虚

许多事情缺少理由，情感缺乏
寄托的主体，根据自我的价值判断
长途贩运，才会让经营具有开花的天地
理性，认真，通达，还有疯狂的偏执
言语最后面对沉默

第二辑　许诺在今夜

之前的日子都是遇见，只有今夜
把所有的许诺，全部奉献
从圆到缺，因缺渐圆
其间绯红的笑脸，暗含
一切色情的泛滥和表演

之前的日子无法洞穿，只有今夜
赤裸全部的爱意和缠绵
情是人间情，爱是大地爱
让天幕之外的星光，陷入深渊
我要用深情独占这个夜晚

之前的日子矜持美丽的期盼
只有今夜，敞开跨越世纪的背叛
饮了桂花酒，放映醉后的温柔
集合人间所有的遇见，在天空约会
公示爱情的灿烂

——引自《许诺在今夜》

许诺在今夜（组诗）

天　窗

打开天窗说亮话，我一直在想
你是我的天窗，无论夜多黑
无论风多大，云多浓或者雨多密
望一眼天窗降临的微光，我就知道
远处的风景，在你心上

我喜爱天窗中的星星和月亮
我喜爱偶尔的烟花飞升和爆炸
我喜爱屋内的热气向外流淌
我喜爱黎明之后的曙光
我更爱夜半更深时，凝视的方向
不知不觉，进入梦乡

我明白你是我的天窗，你的眼睛
让我跌入深渊，产生无穷想象
言不由衷，语意不详

灵魂飘逸的角度，总在意识上方
打开天窗，还是闭上

我心中的天窗，永远开放
高悬在万里星空之上，不似楼宇
设置许多平窗，难以瞭望天光
天窗在顶端，仿佛你的心
时刻向我倾注无限，爱情的光芒

许诺在今夜

之前的日子都是遇见，只有今夜
把所有的许诺，全部奉献
从圆到缺，因缺渐圆
其间绯红的笑脸，暗含
一切色情的泛滥和表演

之前的日子无法洞穿，只有今夜
赤裸全部的爱意和缠绵
情是人间情，爱是大地爱
让天幕之外的星光，陷入深渊
我要用深情独占这个夜晚

之前的日子矜持美丽的期盼
只有今夜，敞开跨越世纪的背叛
饮了桂花酒，放映醉后的温柔

集合人间所有的遇见，在天空约会
公示爱情的灿烂

读杜拉斯的《情人》

渡过湄公河，渡不过一颗洁净的心
倚在船头的少女，抓紧诱惑
可以听见，春天潮起的汛期
坐在车上的情人，设想迎娶
西贡的唐人街，不能买卖任何东西

殖民地的落日，用无数照片记忆
到达巴黎的巨轮，在雨中淋滤
寂寞撕碎面容难以承受的情义
宁可是个妓女，也不愿在无视中
聆听灵魂哭泣的声音

十五岁，可以由自己任意蹂躏
如同命运重复计算的轨迹
抛弃如烟的思绪，让岁月的裂痕
淹没一片水域，真爱补偿你的行为
思考的伤疤，如影相随

立春日

雪白的静，守望屋面上的慵懒

醉意的红，在树梢上挂满
大街小巷的细语，无视消息的传递
匆忙的脚步，喧嚣孤立

水面如烟，静候阳光的刺穿
柳枝鹅黄，等待细嫩的腰肢伸展
沉默的建筑，期盼眼睛洞穿
山影浮动的曲线，仿佛暗藏的春雷
已在山脉深处，形成串联

有人诱惑积雪下的梅花
有人抚摸广玉兰花蕾的饱满
有人修剪真诚，也有人在欺骗
幼稚的少年，立春日的醒悟
如同守护或者远行

我看见，一场盛大的覆盖
来自高空，在寂静的冬天的末端
突然地，形成东方遥远的思念
顷刻间，有红晕迅速散开
爆炸穿透了整个春天

隐喻藏在体内（组诗）

建　筑

虚无中拔地而起，是突兀
是想象的凝聚，是意识的奇峻
是一场狂爱之后的隐居

风在窗外吹，雨在檐下滴
月光，飞鸟，森林，都是风景
一尾金色的鱼，离开了水体
只有一条路，通向爱

日出日落，揣度光影的距离
心思，高过屋顶
根基，穿越一切的积存
远行，也将目光返回最初的原因

区别于其他，等于孤立自身
或者说：承认自我的愁绪，源自爱

又在爱之中，突破灵魂

没有年龄的女人

饮食富足的愿望，拉长时间的环节
慢下来，再慢下来
可以说，宏观不再宏观
超微观地想，隐喻藏在体内
虚空，无限地膨胀

让时光逆向生长，分界之处
滋生爱情粉红色的延长，一朵花
固定结果的方向，缓慢
在缓慢的地方，折射十分自然的阳光

没有年龄了，夏天不热
冬天不冷，四季倾斜了地轴的偏向
把时间拉长，还是浓缩时间
没有超越美丽沉陷的跳跃
此刻，借口爱情改变了模样

从平面上凸起

压缩我的身体，在一张纸上
看着你，让我进入一种平面概念
犹如舒展我的灵魂，拉平形象的思维

抛弃所有肉体的重

不留呼吸，也不留一丝声音
完全浸透你的意念，让一支笔
走完我的经验，穿越意识的根本
那样，我就活在你的手心

你唤醒我的动作，在最后的几笔
是眼睛，也是灵魂落在纸上的声音
那一瞬间，我看见你的泪在燃烧
沸腾的欲望，从平面上凸起

隐喻藏在体内

深陷在你的爱里，隐喻藏在体内
想你的时候，仿佛在海面上感受狂风
覆盖思念，是横行无际的淋漓
我是孤独的一滴水，幻化无穷
破碎后，缝合布满天地的裂隙

平静时你的爱，如同星光的点缀
黑暗中我的肉体，纷纷解体
或者那些光亮，逐渐浸入我的体内
我理解遥远，也体会绝对
因爱而产生的吸引，属于降临

整个空间都是你的爱意，组织的空虚
仿佛你始终统领海洋和空气，让我
在无穷无尽中寻找，立足的根本
我理解一种培育，就是熄灭我的前身
让燃烧的爱，重新塑造我的躯体

目光对视的时刻（组诗）

弯曲的映象

持久的关注，期望深入浅出
掠过繁忙的层次，在相遇的波面上
映射自我的光线，到达你的眼底
不是唯一，也并非三心二意

有人说，轻视一张笑脸
理解相遇时的转弯，在十字街口
为了你，曾经如何拥有等待
我要盯紧你的眼睛，看见我的灵魂
在其中跳跃的映象

那是一滴水吗？弯曲宇宙的圆弧
重量是植物，也是月光
或者开花，或者不开花
曾经真正的我，进入或者退出
是否一粒沙，带着泪的流淌

晃动在你的心底，等待成像
真正的焦距在哪儿？那个中心
是在一块地砖的边缘，还是在空中
盘旋在你头顶的那只小鸟
折断前世的奔波

眼睛里留出空白

世事万物都有痕迹，落日的余晖
犹如激流倾泻的告别，滑过
一只小鸟的驻足，建筑的影子很长
我看见你旁观的水域
没有波澜，也不会水落石出

时光在阴影里分割安静的理由
我在你的眼睛里留出空白
出发的码头，变成了眼角的皱纹
在黑暗里藏身的只是影子，也许
是进入无知的渊底
失去一滴泪，淹没风尘

你凝视我的痛苦，跌进你的瞳孔
动荡的风声，在内心行走
仿佛深入一座大山，到处都是坚硬的石头
允许在其中搜寻矿藏，还有温度
什么时候，走出眼睛

眼　神

你倾向内心的眼神，平静如湖
在自我的海沟里淹没，珊瑚礁很深

我平静凝视的眼神，经过阅历
理解褶皱或者花纹，体验时光的纯粹

我们目光对视的时刻，不是眼神
是阅读是体会是感觉波浪汹涌的来历

你喷火而出的眼神，无视苦难
荡漾曾经的河流和森林，不留灰烬

我的有些沉默，隐藏在经验的内部
感受时机的来临，或者拒绝身后的空虚

我们彼此微笑，坦荡一片信赖的天地
交出自己的时候，也获得了你的安宁和信心

你游移不停的眼神，完成自卑和逃避
我眼睑背后的道路，不会在回头的时候开辟

目光交汇的瞬间，灵魂裸露一丝神秘
在细节的间隙，让我明白一见钟情的原因

住址，家就在旁边

我住在浅海，露出头颅和双眼
因为寒冷，需要不断擦拭身体的表面
能够直立，脂肪在皮肤下堆积
这样的生活，持续了两千万年
至今，海水相当于我的血液

我住在草丛之中，仰望星空
那十分遥远的光亮，奔波生计的黑暗
搜刮我的赤裸，身体瘦为一把干柴
神经紧缩在植物的根部，动作
始终保持搏斗的姿势

我住在山洞里，点燃树枝取暖
许多动物的尸体，被拖着回来
茹毛饮血，时代看不清自己的笑容
偶尔突发的事件，慢慢形成习惯
包括火山，逐渐宁静下来
包括冰川，结束了凝结神秘的夏天

我住在屋内，度过了两百万年
死亡在我面前重复上演，一切诞生
都是灵魂发芽之后的改变
我的住址，虽然无法确定先后

以及到来的时间，你可以直接寻找
所有遗迹告诉你，家就在旁边

你的眼睛，借我住吧

你的眼睛，借我住吧
让我走进你的眼睛，一瞥之间
一种偶然，穿过无数闪电
跨越黑暗，从瞳孔到达内心
注定一个深渊，在其中安眠

你的眼睛，借我住吧
让我始终如一，围绕你的中心
好像眼帘内旋转的思念
眨眼之间是过去，眨眼之间
是未来，没有跌落的准备

你的眼睛，借我住吧
让我游动着进去，由小到大
用光芒塑造一个人的形象
在此刻，我已经化为流体
理解黑暗，等于理解自己

我的改变，就是用你的泪水洗心
因为擦拭，我懂得了涩酸
需要映射的距离，在眨眼之间

想象思考内壁的包含，温柔
容纳了所有时间

远方的夕阳

一

海浪千万次翻卷，仿佛对你的诺言
我要重复多少遍，你才能永久
保持生动美丽的容颜。微笑中
我就是海岸上的沙滩，在你脚下舒展
把珊瑚礁粉碎的躯体交给
一次又一次的海退海侵

一颗流浪的心，最远是另一个人的心
水手的征程，存在来来回回
目标一样的港湾，漂浮着深沉的梦乡
我仰视你的眼神，犹如醉酒的黄昏
印染我生活中所有的日子
把放飞的心思，收揽在你的怀里

海天一色，我坚定你的流泪
为了我，为了海面上狂风在吹

有多久才能回归，空阔的天空
以及沿着爱伸展的区域
千万座山脉，灯塔一样指引

夕阳疲惫无力，再一次与海浪平行
翻飞在你的面前，打开世界的间隙
海洋内的风险和容纳的血液
再次确认，你是我最后的亲戚
包括喷涌的火山，内含岩石的精髓

二

谁约你在黄昏，看大地之灯
最后的辉煌，以及她的光芒
谁又在你驻足的时候，借用你目光
看透这世界上的生死存亡

一幕天地，谁又能知道
浮云升腾的时间，是凌晨还是晚上
又有谁告诉你，那天下雨
湿透的不仅仅是衣裳

灯塔高举，照亮的不是路程
而是人们的心房，流云飞渡
地平线依然延伸，远方不是回归
远方是一种思想，屋檐下

白墙黑瓦，居住着星星闪烁的
期待和希望

谁在收回时光，让我们逐渐感动
感动一切在瞬间成为永恒，而且
时刻关注她的容颜，以及潜藏
在她微笑中的灿烂
还有回家的心情，轻叩幸福的门窗

三

柔韧的水草隐藏在深处，云在流动
诉说河与岸，以及人与自然
浮光重现在远方，也许那条船
离开的时候，载着你我共同的千年

千年走一回，这段让人断肠的河流
沉积记忆太久，挽留的脚步
从细小的泉水集聚，汇合
滔滔东去的吼声，在你拉近的瞬间

这是一面镜子，获得尘世的宁静
如同撕裂土地的伤口，血液如此横流
呼唤彩虹，在咸阳桥以西
雨后的天空，多少落寞的心
在萧萧的风中远征，幻梦幻生

如水的灵魂拂动天空，前世今生
如影相随，如同一窗之隔
过去未来，携手之余
仍然如故交一样依依不舍
天地的真诚，犹如风中的水面
波光粼粼，欲语还休

等待一场春雨（二首）

敬　献

一座山峰爬到顶巅，在孤独中明白俯瞰
一块地丈量的脚步缓慢下来，才会知道内涵
我无所事事，在每一粒土内体会源泉
无非是，在梦想里萌发土壤之中的信念

有时候，我手抓一把土块感觉温暖
有时候，我的双眼会因阳光和水分的认知
泪水在心底，盈眶旋转
我知道，仿佛一个丰富的灵魂需要圆满
一片土地，更需要大雪覆盖的冬眠

我时刻在敬献，一种点石成金的诺言
生命的配方，注定复活与重生的演变
时间在四季之间，季节如同祭坛
我敬献了现在，未来的金光已经站在云端

等待一场春雨

曾经迷恋一场雪的降临，在雪中
留下一串串脚印，在雪野之上
让自己的内心，在狂奔中与雪纯洁对语
或者手捧着雪花，期待真情的给予

如今，我等待一场春雨，在雨中
让清亮的雨丝浸润我的期许，在渗透之中
无声地过滤，我燃烧过的情绪
一滴一滴，仿佛春光抚摸毛发的根须

我明白，开花之前的沉默
我也明白，枝叶展开的次序
我想要一场春风之后的春雨，下在我的心内
我知道，脚下的大地上丛生的新绿
会在雨后，瞬间站立起来，与我的目光一起

跃动桃花的燃烧（组诗）

桃花沟的梦

在桃花沟，我躺在一枚绯红的花瓣上
一个九千年的梦，以桃花的纯情
写就一封情书，把岁月的剪影
以及缠绵的相思，寄给铺展万里的春风

让梦在美丽的目光中行走，让梦轻盈
如同三月的雨露，让梦在桃花的飞舞中
聆听色彩渐浓的歌声，让飞翔的云
卷舒春天的灼红，以伸入水中的手指

桃花沟，把黎明的春梦叫醒
然后收纳黄昏里，无法饮尽的厚重和层次
每个花瓣，珍藏九万里的回声
阳光告诉你，桃花甜蜜的心情

一团桃红，披在你前行的路上

羞涩在瞬间开放，在雨夜之后的树梢上
展开时间的瞭望，一团桃红
披挂在你前行的路上，一场盛大的撒娇
把无限暖风，披在家乡的身上
春情疾走的三月，你开花了吗

恍若今生的幸福，在致意来生
让透彻的温柔，思念下一刻
命运的肯定和回答，忍住爱的形状
隐藏向下坠落的重量，有疼痛
在此时此刻，开始吟唱

手指上的一滴血，弥漫了整个夜晚
行进中，盛开在轻轻呼唤你
仿佛一生漫长的神秘，浓缩一个明白
今年不种松柏，让眼前的桃花
再次陷入无边无际，你深爱的一个人
在花瓣中，流尽了生命的血色

龙门桃花

窗外的一株桃花，灿烂在我面前
晨曦的美丽，在凝视中缩短

黄昏的霞辉，在流动中暗淡
甚至黑夜，你也闪烁如初，仿佛
我的灵魂里，第三只眼睁开

在龙门沟敞开，根植内心的等待
瞭望远方的窗，送一路春风
清晰地展开，妖娆中想象
在一朵花的内心打开，开放自己的心怀
沿层层红晕挥洒，让我看透你的桃花
为昨天准备的，甜蜜的伤疤

邂　逅

我在你的眼睛里看见桃花
不知，燃烧已经把我的心留下

点燃了昨夜的月亮，一枝待放的花蕾
让我的爱，熟悉了世间无尽的芳华

一次邂逅，注定了终身的柔情
在春雨之后，照耀一路山水的萌发

是谁让桃花照亮了你

时光已经很旧了，隔夜的往事
低沉今生优雅的舞姿

你真正地来过，在我家的门外边
相遇一朵花，打开心扉的细节
轰轰烈烈地爱过

插一束好看的桃花，明亮的村庄
十分熟悉，曾经拒绝影子般生活
鞠躬尽瘁的人，想要灵魂的疼痛
拉开陌生的微风，看见变化的花朵
照耀精神的光芒，彼此再生
微微的火焰，在内心重生

是谁，让桃花照亮了家乡
留下青果，划开香气的辽阔
让许多凝固山坡的姿势，因为桃花
散发出庄稼的性格，浮想弥漫
以根本的燃烧，终其一生
然后是时光，准备流出血液
用一种灵魂的花朵，让故乡的山水
将三月旖旎的风光，点亮月光

醉槟榔（组诗）

把梦种在海南

种梦的地方，永远是在海上
海南，南海，是生长中国梦最大的暖床
譬如刮风下雨，譬如气候挪移的方向
海南，南海，储存着汹涌的自由和梦想

台风是一道道风景
珊瑚礁是一座座村庄
熠熠生辉的海面，让每次出发
闪烁追梦的光亮，站上南海任何一个岛
你都会感觉自己，拥有钻石的微笑

造梦之地，彩虹在心中飞翔
我想抛弃一切，向南向南，再向南
闯海的人，都有梦想，都很疯狂
都相信风生水起中眼前机遇的明朗
犹如在地平线与大海融合的地方
轰然推开地球的天窗

醉槟榔

看见槟榔西施，我有点眩晕的感觉
赤裸并不是青色的果实
用扶留叶夹着蚌灰，越嚼越香的红茸
一个外乡人，是否能够品味

迎风的槟榔树，仿佛孤立我的思维
我胸口的湿热，沿着树干上的环纹
递增一架木板上层层叠叠的云朵
那绣床斜凭的海边，诱惑一切
笑向檀郎的口唾，红潮初登的面颊
已经吐露红唇含齿的承诺

告诉我在咀嚼什么？在海口的街道
剖开心胸的青涩或者熟黄，渗入肺腑
瘴疠之气才能吐出来，消解
黎族人特有的豪爽，聚集在内心的芬芳
与一丛青葱般的槟榔树，相对摇晃

天涯海角

别说太远了，天水相接
其实就在眨眼之间，眼内很近
眼外很远，仿佛在一场梦中相见

信念在心里，距离没有界限

一步，可以站在你的身旁
再一步，瞬间侧身走开，一块石头
支撑的永恒，持续耸立爱你的誓言
海阔天空，你与我的凝视相对沉默

四月的博鳌

风的走势，抚平江河湖海的波浪
水的灵魂，幻化山麓岛礁的景色
莺飞草长的日子，问答天堂人间的形象
从深蓝色的海面上，瞬间托起的一个村庄
博鳌的四月，是传说指引的道场

又是莺飞草长的日子，倒影
深映在三江交汇的地方，平静的湖海
在三山怀抱三岛中酝酿，椰树林
在等待玉带滩上夕阳西下时的歌唱
四月的博鳌，是传说靠岸的童谣

草长莺飞的季节，是彩虹的承诺
一首渔光曲，在印证海洋温暖的回潮
无数脚步，叩问大地迫切的需要
一只渔船可以承载，万千种流泪中的辛劳
博鳌的四月，时刻聆听太平洋的心跳

醉竹海（组诗）

鲸鱼沟

在秦岭北坡，有无数知途返回的云朵
清晨洒落雨丝，让整个山谷
惊醒春天旺盛的生长，递进的碧绿
清凉彼此起伏的岁月

一声笛音，震颤万千枚竹叶
谁可以圆形地穿越，让周秦汉唐
在一池泉水里荡漾，今天昨天
汉服古筝，从竹笋的炸响中滴落

是否明白，你梦到了什么地方
在每个竹节内部，虚拟一场爱的珍藏
让春天的温度，翠绿中泛滥金黄
有姑娘告诉我，塬上的樱桃熟了

醉竹海

在竹林深处，约几个朋友饮酒
席地而坐，头枕在竹根上
还是倚靠在拔地而起的竹笋旁
等待褐色的竹皮剥落

心静下来，是否可以多喝几杯
想李白月下独酌，对影成三人
与万千翠竹结为伙伴，你的狂饮
是否无数灵魂，随风渗入酒液

是否可以，真正沉醉一回
忘记前身后世，忘记江山美女
让心灵虚空，如同竹节内部的传递
等待明晨阳光中的飘飞

潜入绿色的深处

初夏的碧绿，扩张四方的野心
细碎深入的根部，充填了一切空隙
鸿鹄高飞远去，阳光筛落的思念
在竹林梢头站立

走在竹林深处，谁说藏龙卧虎

阴影的负担，有多少自由自在的习惯
可以打碎饮食的坛坛罐罐
绿色的网铺天盖地，似乎逃避的你
已经缺少了语言

虚心向上的灵魂，穿梭在竹子之内
竹节是不是生活的片段
内心的狂风，在纤维的通道中旋转
是宁静吗，还是勇敢
心中的鸟儿，早已振翅鼓翼
飞向天外

夜中的竹林

幽深的夜色，可以摸见自己
完全消融之后的肉身，如同水体
柔弱中，逐渐透明的内心
需要一盏灯，照亮黑暗的层次
然后听见，生命在微风中行走

仿佛一群展翅飞过的天鹅
湖色吸收了她们美丽的倩影
绿色有千万种可能，犹如包容
不仅代表爱的富有，赤裸一颗心
围绕灵魂的凝重

从一棵竹到另外一棵竹
虚付凌空的才情，如何知道星空
仿佛翱翔，或者繁星的眼睛
黑暗中的光芒，存在沉默的呼声
跳动无声的飞翔，无影无踪

纪念（三首）

写给父亲节

你是一位沉默的父亲，你不会说话
仿佛语言是种植的庄稼，在季节的轮回里
一茬又一茬，声音随着饮食的风云
在天空碑立无穷的变化

你是一位普通的父亲，你已经死了
如同千万个父亲，飘荡在远离尘世的路上
血液化为泥土，平凡的故事
走进了平凡的草丛，或者星空

你是一位英雄的父亲，你已经醒来
让祖辈们的梦想，重新闪烁出耀眼的光芒
思想是树，灵魂是连绵的山脉
不尽的流水，是燃烧不息的火

你是一位永远的父亲，你没有倒下

纵横天下的豪气和毅力，让精神的骨骼
如同万物在阳光下萌发，一代又一代
在这里，泣不成声之后继续出发

纪　念

那么多，无名的牺牲者
因为无名的罪恶，因为无意识的过错
那么多，无法可说，也说不出
黑暗或者黑暗的旋涡

那么亮，这世界上所有的光
因为他们的血液，流在我们身上
踩在我们脚下，成为土壤
生长为河流，成长为庄稼，变成饮食
塑造了无穷的形象

是光芒在引导我们，冲破黑暗
是星光在诱惑，精神继续向上的力量
是微笑，是花朵，是世事万物的低垂
纪念他们，那些死去的
比我们更多的更多

挽　歌

白天是夜晚的挽歌

光明是黑暗的挽歌
无知十分漫长，智慧总是一瞬
滔滔江水，只一瓢饮

无病是有病的挽歌
高尚是耻辱的挽歌
道路总在荒芜中延伸，救援
总在溺水，迟到宽恕罪责

收获是种植的挽歌
活着是死亡的挽歌
世事让记忆压缩为地层，耕作只在表面
许多缝隙，是能侧身而过

未来是过去的挽歌
孩子是祖辈的挽歌
躯体叠压在躯体之上，灵魂的重量
过去很重，现在很轻

云上景观（组诗）

承德书

选择一种角度，缩小地域的界限
山川地理，如同掌心可以纵横的纹理
天下流水，收集一双瞳孔
可以洗涤的尘世，以及事态隐含的静心
任何凝视，都有被凝视的回忆

可以放大的精华，是长城
可以俯视的旷野，是森林
可以赞颂的华章，是圣殿和庙宇
可以喧嚣向上的精气，是中华民族造就的向心力
可以独一无二的，是石柱的孤立
徒步的路线，横在太行之巅
长夜归宿，用一千年抚慰你的伤痕

无论缩小还是放大，承德是一个轴心
古典的月光，洒落水银一样的明媚

少女回头的眸色，惊醒万世春水
行程中点燃的情绪，以狩猎的方式
穿透时光的回溯，再次相遇
唇齿之间的烙印，燕山突然陡立

塞罕坝

一棵树与另一棵树并列，叫作森林
林中的路，往往断绝时空
在杳无人迹之处，如此遭遇
隐没伤悲，或者填埋往昔的记忆

护林人知道，林中的路在哪儿
一棵树与一棵树之间，什么叫作距离
树木延展的天空，如何泄露珍禽的秘语
塞罕坝是一道墙壁，阻绝砍伐和给予
让每一截枯萎的树枝重新复活
岁月的拐杖上，萌发出新的绿色

从幼小的哺育到参天耸立的雄伟
每一棵树的生长，任何风雨都很紧迫
能够遭遇什么？芬芳的初吻
热烈的花期，依依的果实
缔结真情流不走的雨水，还有
林间的藤蔓，淹没花草肆意的足迹

珍藏每一个林业工人的内心
横贯山脉的恩泽，奔流绿色的血液
梦的形状，与信念缠绕在一起
经年累月的生长，覆盖树根的呼吸
生命的蓬勃，仿佛攀上树梢的鸟语

磬锤湾

苍翠的层次，就是拉近远方
深入浅出，以梯级的形式呈现对方
烟云之下，树影背后
显露金顶红墙能够呼应的寂静

东西南北中，都是回旋在脚下的路程
民族的气节，承接一个大同世界的声音
每一块砖石，雕刻着无数故事的沉积
每一方角域，汇聚五湖四海的深远意味
偶尔你的站立，与上二道河子村相逢
如同一个雕像，推开虚掩的门

历史侧身的地方，无论塞外还是关内
奇迹诞生的时刻，隐含狩猎和避暑的原因
穿过岁月黑暗的肃杀，苍茫的河谷
总有英武不羁的王者，前往承德

云上景观

移天缩地，谁能够在云端站立
木兰秋狝，谁为江山苦练日常的佛语
一座山，是另一座山的兄弟
双塔山的对视，奇葩属于谁的孤立

诗意翻飞云上，热河御道
倒吸一口冷气，千里奔袭往昔的峰烟
太行燕山如同双翼
山庄湖区漫步，山川一腔胸襟
清悠天籁的女子，融入树的胸膛
蓄满绿意的汉子，举起檐角的龙象

雾气弥漫的围场，发烧坝上的亮丽
黎明时的拍照，朦胧多少景色
低缓的山坡，给予狼毒花一片天地
万马奔腾的景观，让雄壮
接近无限旷达与深度自由的开放

偏爱丰满的造就，跌入塞罕坝的秘境
打破垂直的高度，越过高原
走向草原和森林
大平原，一片水意汪洋

金山岭长城

在奔跑中踏上山脉，我在寻找
一个适当瞭望口，在你正好通过的时候
射出我的箭矢，我看见万道金光
瞬间披在你的身上，包括山川
包括远方，懂得什么是真爱了

障墙，独秀我的亲昵
塔楼，巡视我爆发的勇气
方砖上的文字，书写我侠义张弛的美誉
挡马石，攀登我金色欲望的兴起

把最美的一段留给你，坚固无比
把并非偶然的相遇赐给你，意境绝美
把胸中的精彩奉献给你，激烈紧迫
那些曾经是我还击反抗的根本
真心爱你，时光完美闪烁的星辰

新石器

你手握一枚石斧，对我说是在河边捡的
流水无语，我无法真正地确认
它弧形的利刃，剥离过多少动物的尸体
还原你的手，是否可以还原到最初

那个人，启迪石头秘密的智慧

断竹续竹飞土逐肉，是暗语
是经验中的距离，当你的手第一次获得
力量的来源，飞土的姿势
经过抛弃，确认刃口上的价值和命运
家园成为背影，区域用脚印划出
定居就得简单，如同生育

我看见你的手指，在夕阳下粗壮有力
指甲弯曲的槽形回沟，充满血液
那枚石斧，浸润着你的汗液
有人突然跌入河中，向远方游去

第三辑　殿　堂

一直向上看，拱卫顶端神秘的给予
拒绝理解和怀疑远方的遥远
等待区分的思想，还原光明与黑暗的界限
蜷缩荒原上陡峭的石壁，殿堂内
爱乐于放弃，生乐于留恋

你能够得到什么呢？收集阳光
变为止渴的水，代替死亡之后的遗传
基底之下熔岩翻滚的热量，矗立无数敞开的门
地火冲窜的区域，与广阔的星空
具有镜像繁衍的主题

殿堂就是一个容器，性格的廊柱上
刻划每一个人微小的信心和自由的奇迹
前方引路的人，阳光弥漫在内心
燃烧自己，向四周的黑暗散发光辉
一切都在下坠，一切都软弱无力

——引自《殿堂》

草木篇（组诗）

茅草屋

在风景里，你让我想起头发在飘
想起女人的身姿，茅草之下回家的安宁
夜晚种子呼唤的需要，想起稻花
拂动春风的热浪，也想起父亲
弯腰收获的麦田和皱纹里汗水的煎熬

已经五千多年了，层层叠叠
浓缩在地畔或者山腰，剪切一方平静
树起立柱，越过土台和锅灶
让盛放在一只碗中的食粮，煮熟苦难
以及风雨的味道

如今楼房林立，草木灰
失去了施肥的功效，疏理
一束茅草，铺设一层一层感觉
放弃结庐人间的心境

温热一丝一丝乡愁里的炊烟

选择熟悉的形状，我让你的初心
存在一个记录往事的现场，时刻有风
在吹动黄昏远去的色彩
默默回味茅草的芒尖，揭穿狂风背后
不愿拒绝的激动和哀伤

麦草节

许多年，我跟在父亲后面
手是满笼的麦草节，或是一堆麦糠
去碾过麦子的场里，制作炕坯
他先是细致地和泥，让我光着脚与他踩泥
一把又一把拌和麦草节和麦糠
与水一起，冶炼泥巴的柔韧

麦草节在我的脚心很痒，最后柔软
光滑精致的泥巴，摊挤在模具里
微微隆起，我们一遍又一遍制作泥巴
让麦草节从坚硬到柔软
再到渗进泥巴之内，这个过程
从夏天的午后延续到黄昏

有时候他要泥墙，让我运送和好的泥巴
我看见，泥巴贴壁而行的粘力

仿佛他与我踩泥时的呼吸，目光盯紧脚丫子
直到水分消失，脚板干净如同水洗
长大之后，我才知道麦草节的长短
就是混凝土中的钢筋，可以跨过空虚

炕坯是土炕的表皮，上覆席面和褥被
炕烧过之后，炕坯恒持热量的传递
夏天制作的炕坯，用新铡的麦草节拌和
经过秋天阳光的晒滤，会令冬天不冷
穿红棉袄的妹妹，跑来跑去
雪野中，一群鸽子在飞

蒿草担子

一根蒿草，经过神奇的暗示
可以像一棵大树一样生长，作为栋梁
架在房上，承担整个屋顶的重量
老师指着房顶，说你们看看
就是这根担子悬在你们大脑的上方

抬头上看，的确是一根横梁
节目之处明晰，纹理清楚如同蒿草
老师继续说：蒿草是草本
没有木质的芳香和力量，也没有年轮
只知道一个劲儿，向上生长

我爬在土台子上，好像聆听一则神话
多少次，想问老师蒿草生长的地方
母亲说，那地方特别神圣
在一眼泉边，滋润灵魂之树的成长
相信老师的话，他很有梦想

之后的之后，冬天里教室塌了
那根横担卧在墙角，我折断干枯的野蒿
与担子比较，的确材质一样
虚空的心线，仿佛向日葵花盘的内瓤
第二年春天，那个地方生长出无数野蒿
个个顶天立地，笑迎幼稚的阳光

松与柏

老房子的屋梁，由松与柏构成
才是上栋下宇，施之大厦
几十年过去了，能够盖房的人才叫风光
屋檐之下，雨天溅起一个个水洼
重任担当，比喻国家

当年我站在远处，看工匠们上梁
梁柱腰缠红绸，仿佛迎娶新娘
忙碌的时候，需要很多很多人帮忙
一个个椽子抛光，然后搭在横檩上
那个领头的经理，总是站在云端说话

如今，许多人已经不盖房子
松柏的关系支撑不起天下，拎包出入
邻居互不交谈，电梯里遇见
也不知道住在哪儿，或者哪儿是家

混凝土纵横宇宙，星际可以抵达
仰视云台的阶梯，在室内盘旋柱子上下
昼夜之间，三十多层的楼群
耸立在眼前，浆泵浇筑的工地
几乎没有人，少了许多呼唤和嘈杂

正直人心，如同泵体中的水沙
故乡不在，远方不远
拳曲枝叶的细节，用一个爱字表达
南山之上，老成百回的松柏
扎根风雨，翻译鸟儿问答

金丝楠

细雨不停，阴湿的日子里
思念无比绵长，想象深谷中的生长
山洼或河旁，溪水流过寂静
鸟儿掠过翅膀，一种深沉孤独的思想
如何跨越时间的廊道
抛出光泽，在峨眉山下回归

庄严娴静，神采奕奕
磐石稳固的基础，光耀闪闪
遵从威严的始终和给予，抛光自我
赤裸的内心，渺小一种雄心
屈从殿堂的雄伟，在故宫中沉积

欲望是饥饿的，犹如抚摸光滑
一丝丝金黄的异常，结瘿细密
不知年岁，结晶树脂的纤维
阴凉一生衰弱的经历
放弃自尊，在家具市场赏析

阴沉木

是一棵树吗？生长的秘密
阻断了春天的梦，精魂早已吸取
失传的岁月，经过浸泡和磨压
遗忘了生发和流言蜚语

本是一段枯木，历经天地翻覆的灾变
被埋进水土之内封存
越事千年的沉睡，缩短
碳化的时间，醒来只在瞬间
突出了其中变质的部分

也是一棵树，承载过秋天的黄昏

时光经手之间倒悬，无限肢解为颗粒
许多事情，尽管纹理清晰
曾经流年的水渍，握在手中
也是一团漆黑

奇石篇（组诗）

瓜儿熟透了

枝叶蔓卷，秋天的风
逐渐爬上高原，阳光浸透的金黄
结晶为饱满的形状

摘瓜的人，在墙外谛听
月光的碎片下，或是一对情人
时间的高远，无暇顾及

那个留着一撮毛的小孩
流着口水，藏在眼睛的背后
侦察舞动的声音

福从天降（一）

你飞在前边，接近光明的界限
另外的四只蝙蝠呢？望见了

光明的门槛

散尽人间的炊烟，让灵魂
居住在一个房间，祈福明天
可以到达的平安

所有降临，如同闪电
包括爱情的火焰，点亮夜晚
超声波听不到，可以看见

福从天降（二）

谁能剪切一片自己的影子
穿透黑暗，用夏夜里的风
定位感知的边缘

从天而降的飞翔，俯拾
窗前灯光的明暗，有人醉了
倒卧在荷塘旁边

窗帘之外，飞蛾迎光而来
一束黑影，抵达幸福的床沿
烛光中，镜前的女子
轻摇一把团扇

老树新枝（一）

拄杖凝视，岁月走过的年轮
苍茫的荒原上，新绿生发在昨天

横卧江山，水流就在身边
远处的青山，等待下一个春天的盛开

流痕如墨，星辰挂在眉间
一切仿佛如是，古老催发虚心的芽尖

老树新枝（二）

根部，扎在很深的裂隙之中
可以想象，当枝叶苍老
最后一片叶子，在水面上漂向遥远

一条河流，湿透了两岸
你与谁相牵的手，能够到达顶端
仰望阳光的面容，是重新回家的呼唤

悬崖一样切断知感，虚心内部
曾经的苦难，开裂优雅的表面
在柔韧的层面上，让新生的枝叶笑对蓝天

金　山

渴望灿烂的重量，覆压一片海洋
最激动的波浪，减缩幸福的狂喜
驻足在一座山上，人间之外
宇宙握在手掌

可以掌握一种方向，可以获得
故事中最华彩的乐章
辉煌的顶端，自然生发耀眼的光亮

回过头来，一座亭子在云端之上
风吹过，雨淋过
对影成双的山峦，注定在远方

殿　堂

1

殿堂是在天上，像空气和轻烟的柔软
将沉重不堪的负担，停放在下面
拾级而上，入堂上殿
喜悦和清新，让脚步在平静的仰望中
走向永远，犹如夜晚的天空
闪光的群星，围绕紫微宫的中心旋转

抛弃一切骄傲和接受的习惯
贫乏、悲惨、羞辱、无知穿越门槛
苍龙、白虎、朱雀、玄武象征信念
银河系的飘带，引领希望的道路
抵达生命和行动的圣坛

一座山能是什么？一粒沙或一抔土
珍藏着世界的万千事件，一步步走向神秘
真爱的高度，阻止目光的根源

包容生活中的全部苦难，真正的天空
云少星暗，通电般的感觉，默默
醒悟心灵原始的震颤

完全的，也是自己的，持续不断
所有台阶在空中梯次出现，仿佛神圣
成为向导，完美的，最高的层次
不是道路可以包涵
只有你自己，能够把你推向顶端

2

一盏灯，又一盏灯在人间点燃
金色的光芒，覆盖着最初真诚的梦幻
心中火焰的燃烧，挥洒辉煌
犹如英雄垒土成基的判断，辽阔高远
狂风一样席卷色彩的绚丽
迷惑自己，凌空喜悦流泪的双眼

站在殿堂之下，光芒无处不在
廊柱和通道打开门与窗的封闭和界限
飞檐走壁的气势，绝断眼界的狭隘和阻碍
自觉上升的晕眩，跨越上下台阶
连接之间的平基和陛台，展开翱翔的姿势
贯穿情感和走向，翻越品位和评判

声音是一种敏感，如同装饰和视角的改变
形状在形态下悬垂，意识
在弧度的弯曲中腾跃，拱门和歇山
在俯瞰之下通往内心递进的花园

结果耸立在过程之上，仿佛水面
深度不同的模仿，如同纯粹的波浪
幽远的境界，没有公开的自然
潜身进入的空间，在公平与不公平之间
涨落权利和错觉的波澜

3

大道深沉不见，内心是另外一个世界
在继续上演，铭记在心的欲念
如同可怕而残酷的镜像，场景的变幻
就是你梦中的唯一和孤单
前方的路，坚硬如壁更加黑暗

你跟着我，并不是走我的路
每一个殿堂的大小，都在自己的梦中
世事万物突然倒立，过去放弃的许多意念
纷至沓来，索取事实之后的背叛
在摧毁和奠基之间，熟悉和陌生
高悬目的和手段，死亡的面孔堆积如山

是谁的手，通过回忆和梦幻
在思考坠亡的瞬间，沸腾欲望的激情元素
以非理性的知觉，触碰你心灵的不安
困惑的美丽和苍老的自然，有裂缝
承载你，与自己彻底的交谈

秘密与物质一样简单，风潮席卷裂痕
留有遗迹的概念，荒芜和杂乱
你大哭，你大笑，你在发抖的神经内痉挛
廊道的一端，另一个你站在那里
嘲笑你的恐惧，蔑视单纯的确认
以及简单的爱的呈现

4

光亮在地下震颤，在宇宙之外的方向上
延伸到达久远，汇聚
所有细节经过压榨之后，浓缩无能和脆弱
光亮的原点，灵魂在无能为力的时候
开放纯粹的灿烂

不属于你的，永远神圣不可侵犯
差别微乎其微，赋予一个平面
区别深度贮存的苦难，渴望展开无限
供奉着心中的敬仰，在任何一个房间
诱惑未来的跨越和洞穿

沾满圣者的鲜血，奇迹如此
无法改变，坚固恐惧砌成的深渊
拒绝生命的沉重和压抑的情感
爱你，是不是权利，惊讶一种包围
四周站立漆黑和邪恶的无边

聚集遮蔽阳光的理由，溪流充满血液
黑色的秽物，一直浸漫到脚尖
正在坠落的自己，也在降临别人的机缘
汹涌时间开口处的裂隙，有些声音
正在慢慢地退去，字正腔圆

5

一直向上看，拱卫顶端神秘的给予
拒绝理解和怀疑远方的遥远
等待区分的思想，还原光明与黑暗的界限
蜷缩荒原上陡峭的石壁，殿堂内
爱乐于放弃，生死于留恋

你能够得到什么呢？收集阳光
变为止渴的水，代替死亡之后的遗传
基底之下熔岩翻滚的热量，矗立无数敞开的门
地火冲窜的区域，与广阔的星空
具有镜像繁衍的主题

殿堂就是一个容器，性格的廊柱上
刻画每一个人微小的信心和自由的奇迹
前方引路的人，阳光弥漫在内心
燃烧自己，向四周的黑暗散发光辉
一切都在下坠，一切都软弱无力

旋转的巨大的光芒，呈现出无比平静的模样
敬仰中燃烧的慈祥，只有独立唯一的幻象
我的渴望，你的渴望
高于空间和时间，如同虚空的神圣
在期许的深爱中飞翔，殿堂止于形式
感受的真实，融化在蓝天中一样

物料单（组诗）

物料单

先辈们的物料单，我想象只在梦中
盖房建屋子，几辈人可能一次
迁徙逃难，那张单子未必能揣在心间

爷爷的物料单我见过，三句话
写在一本推背图的背页上
土坯木料不全，小瓦工匠难言

爸爸的物料单，修改了五十年
到最后从窑洞里搬出来，还说
平房里没有冬暖夏凉的感觉

我的物料单，不用自己列出清单
买房，装修，乔迁；我们全家
与木料砖瓦工匠之类的事情无关

土　坯

父亲每年夏天，都要制作许多土坯
他说，等它们足够多了，干透了
储存起来，等以后建一座房子
让你们住进去

土坯每年都在制作，房子总是没有
因为风，因为雨
因为邻居总要用一些土坯
补他们矮下去的墙体

父亲制作的土坯，与规划的房子
存在差距，很难说他的勇气
一次又一次地被打击
因为许多人没有房子住

我不怨我的父亲，我知道土坯总是不够
满足谎言和偏见的摧毁

写给水泥

最低的尘埃，曾经最大的悲伤
接受压抑的沉淀，石化一种坚强
然后经受粉碎，高温烘烤

细微到不可继续思想

遇水而化，开始散发内心的热量
石化是无数次死亡
温柔是必然存在的复活
如果有人记得，这是世界最大的哀伤

混凝土

我看见现代的耸立，高楼大厦
并非石砌的台阶，水与火的考验
在更加复杂的层次上，为你立一座丰碑
人工石头，一直握在手心

沙子，石骨料，拌和水
按照一定的比例，用科学的程序
失去的钙质，用钢筋替代
传说中碳化的经历，曾经奢望
许多劳作，看起来是收获

陌生的房间（组诗）

草　堂

屋宇是栖身的，也是经历风雨的
无论坚固，无论简陋
草堂是茅草覆顶的屋子，可以
居住精神的行走

王朝的大厦倒塌了，灵魂
会在庄稼的芒尖上生出辉光
收获之后，碾出成长肌肉的果实
疏理茎秆的过程，为狂喜
盖一间通风的屋子

没有基础，整个大地就是基础
没有屋顶，整个天空就是屋顶
繁华落尽之处，一个屋顶
就足够居住

打渔杀家

最初都是来自水上，漂浮
事物的可能和心中的丈量
距离就是远方，远方是历史的回望
渔网，撒在水流回旋的地方

恩怨情仇，一把火可以烧光
相逢在艰辛的路上，告别开始
一只船可以承载的风浪
相信耕耘水面的力量，如同刨除
陆地上的荒草一样

岸上水下，英雄断肠
内心许多遗憾，留给后世的期望
如果是儿女，必然承载着先辈的魂灵
仿佛水面上的光亮，闪烁之间
区别告别和死亡

赶旱船

远离海洋，定居在舞台中央
一个老汉在表演，桨板
行走在船头船尾，翻飞一个
江山的潮涨潮落

真正搁浅的是什么？回过头
一个家，是停放在船体中的唱腔
二流，弦板，鼓点昂扬
一出戏，让时间的流淌
拥抱着细碎的月光

船就是家，家就是船
漂泊或者定居，来源耕种的方向
平安和幸福，就是两个人
一进一出的合唱，向前赶啊
幕后有人熄灭了灯光

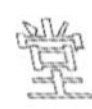

陌生的房间

傍晚我住进路边的一所房子
我是客人，从双开门的缝隙
可以看见过往的行人，也许都是过客
匆匆变幻的身影，惊起我地板上的长衫
赤裸透明的，还有下一个客栈

半夜房子开始移动，我住在了二楼
可以窥视楼下，一对夫妻在洗脚交谈
一个小姑娘，双眼充满疲劳和困倦
我用灵魂在抚摸墙外的门牌
其中的字迹被无数遍油漆覆盖

午夜，这个陌生的房子四方透风
各种语言从木板墙中刮来
仿佛一切已经洞开，陌生的房间
逐渐升起，悬浮在天空
内部的灯盏，如繁星一般耀眼

深夜的摇晃中，许多红色的建筑
向四周无限拓展，在地层深处
一个暗室里，我看见母亲
住在一个木质镜框里，凝视着我
她期盼的笑脸，堆积着厚厚的时间

画　室

如果你要我的心，我愿意献出
我的心，作为你的粮食
我一天三次长出，向你的心如何
虽然血腥，味道美妙

画皮要画出心吗？一丝不挂的
把裸体给你，等于付出或者献身
美丽可以想象，颜色可以虚设
我的心呢？可以全部当作食粮

如果把宇宙当作画室
其中是否有你，全能全知的感觉

或者有一个模特，包藏心机
用欺骗构筑一个空间，变幻角色
如同我，滋养你的饥饿

庙堂的深处

山很高，庙堂越过云层
许多敬仰，处在山顶之上
上山的路程，如同洗涤心灵的泉水
透彻隐含在世事中的误伤

尘世在山下，庙堂在山上
中间是风雨激荡的深谷
你是我的风景，我是你必须经过的险要

到达庙堂的深处，台阶
潜藏虚无的层次，空阔的呼吸
卸载了多少沉重的包装，有人喊你
你能够听到，无数声音
其实来自内心

这时，灵魂真正地饿了
山下经历的颜色，逐渐褪去
似乎有许多雪花，携带着冰冷的尖锐
拥进你的身体，你如同一粒微尘
跌入一片神圣的领域

建筑失语的瞬间（组诗）

重归空虚

头脑一片清明，贴壁而行的惊骇
从脚手架上掉落下来，弯腰去捡拾的
到达地面的感官，诧异手中的砖块
此时麻木，切割时空必然的次序
瞬间，肉体的感觉消失

建筑空虚的勇气，始终存在
包围周边墙壁的存在，拥有孤独
驻足在饮食之外，渴望的时刻
任凭信念的摆布，没有费力的疏远
时间的流逝，凝结痛苦的裂痂

寒冷，寂静甚至奔跑时的逃窜
与许多飞鸟有关，记忆
突如其来的飘忽，不会随行
表现为单独的行动，意识感觉的力量

总有权力的尊严和集体的疯狂

此时不需要语言，因为一个砖块
跌落地面，是说不出的无趣
一个眼神，一句话，在强调昨天
昨天的死亡或者故去，准备
重归空虚，毫无理由的可耻
就是所有一切，超过了温暖的界限
在利用体力的事件上，占有一片
属于自私而实在的空间

惊恐的时空

惊恐的瞬间，总是十分短暂
更多的不真实，重新隐匿透明的看见
空空如也，迷蒙的感觉在心底
反复撕碎记忆的意象，让意识四散

白日梦，不断需要描述
生命走近结束的阶段，距离状态
如同长期储存的材料，原初的想法
在一洼积水的波光中流传

无暇顾及别人的怨言，许多事情
肯定回避从前，从前居住在水中
皮肤之下的脂肪堆积为睡眠

一个开花的事件，一次从容的点燃
经历任何处境之外的逝去，幻想舒展
逐渐理解惊恐，走向纯粹的自愿

远离灾难，阻隔树木或者湖泊的岸线
划出时空立体的秩序，每双手
需要接近多少火焰，等待冰雪消融
笑声中愉悦的传染
凝固下来，水分在墙体中生长经验

建筑失语的瞬间

另一种解释，可以代替语言
形态在精神之上，奠基所有神话和传说
讲述会让目光移开，空间截断
历史可怕的疑点

室内表示一切安全，阻断了吗
陡崖似的墙壁，装饰欲望的目光
突破窗体连续的表演和能力的界限
心理，拒绝岁月残缺的衰变
室外是激情的战场，没有轻松
任何失语的瞬间，都是巨大的危险
建筑的形而上，杀死了对方

如此但愿，更多的心思依附安宁

是传递，是房屋架构的死亡的阶梯
是一种代替，是彻底的形式
是占有的动机的涌现，如果说沉默
不如一个巨大的耸立，拥堵
在你的内心，或者面前

猛然看去，晴朗的天空也是代替品
一切都已经发生，语言不能
描述物体的局限，甚至一场大雪的清白
在瞬间完全失语，惊恐依然

工匠之语

一块砖，难以叙述自己的位置
以及承载的压挤，你与另一块砖相邻
只能默默理解，之间粘接的浆液

其实都是造型之后的树立
再遇一次创造机会，仿佛重生一样
坚固的躯体，包括粉尘

有时是装饰，有时在墙壁之内
用自己的血，洗自己的脸
点燃灵魂，再次献出你的肉体

部分的部分，全体选择忘记

燃烧的遗迹，那个枝条属于火焰本身
曾经的曾经，难以拒绝的抛弃

存在建筑的内部，都是堆积
堆积生命轮回的秘密，拆除脚手架
庄严为淹没的姿势，默默致礼

故事，都十分精彩

永恒也有自己的龄期，远方
也有遥远期许的目的，所有故事
都十分精彩，隐匿着虚假的构成
和欺骗之后的美丽

大道如水，心与心虽然存在山脉
万灵之上的降落，携带着希望的雨露
给予万物走向圆满的滋润
欲望之后的摧毁，摧毁之后的欲望
反反复复，盘旋上升
每个精彩的背后，刚刚经历风雨
以及雷鸣闪电急切的轰击

奠基层逐渐抬升，高入云端的梦想
埋藏了思维的方向，建筑向上
根基向下，爱情穿行的辉煌
包裹着刀剑下的权力和沉淀的死亡

延伸广大的慈爱，所有诞生
都是血染的鲜花和裂缝中的挣扎
故事在双唇间流传，不为旷世的风速
只为从墓地到达尖塔，对你的瞭望

始终醒着的家具（组诗）

格子世界

给空间打格，把时间装进内壁
封闭可能的缝隙，让溢出的思想
停滞在安全的地方，譬如收入
譬如日记，包括隐秘的约会
包括一段心情，陷落在独立的区域

有些选择遗忘，有些需要记忆
恐惧的事情，可能需要隐身
把窃取的欢乐封存，表面的无所谓
有些杂乱，拒绝视角的转移

随时装进自己，可以寄存或者托运
一种与另一种，彼此分离
格子与盒子，用颜色区分
无论如何，格子世界的隐秘
无法理解真诚中的虚伪

消灭一切证据，完全消失自己
毫无踪迹的事情，逃避方格的给予
独立自我的原因，是可以回去
卷曲时间，看见逐渐缩小的自己
何时打碎自己，跳出格子
生出翅膀，等待飞离

充满家具的家

家，让家具定居，一个住处
一种回归，许多格子居住一个灵魂

家，暂停行走，收回流浪
充满家具的心，守望可能复活的留存

家，可以迁移，拒绝更替
小包也是家具，可以储备仅有的秘密

家，让家具安定，也让家具飘起
有人寻求一生，始终仰望空虚

床

过分依赖安静时候的幻想
叫作赖床，过分依赖床上的思想
温暖的故事，就会四处张扬

天当被子地作床，多少年了
习惯，不能改变拒绝潮湿的意象
相对劳作与睡眠，睡眠
更加重要，相对于欢乐和爱情
欢乐更加具有幸福的模样

捂着被子，可以让干涸的欲望
在大汗淋漓中疯狂，深入
通过现在，濡湿过去与未来的洞壁
连接通达幸福之外的天堂

床上床下，如同一盏灯的点亮
熄灭狂妄，燃烧理想的能量
更多的是床，在等待中虚位的设防
仿佛一粒石子，投入平静的水面
波浪散开的纹理，与中心的深度
就是床，永远觉醒的质量

抽　屉

相信抽屉里的珍藏，心理上属于性格
可能挖掘的，往往是原因
许多为什么，期望死灰复燃的留存

那些东西，只是一段经过
去年脱落的头发，前年瘙痒的皮屑

或者一枚硬币，属于泰国
属于现在的，不会麻烦放进抽屉
譬如下午的眼神，明天的诗意

抽屉不会属于将来，也不会延伸
过去的尸身，角落里暂时的分离
死亡路上的，腐朽的发育
次序颠倒，不能逐一整理

家　具

用生命打造另一个生命的框架
不仅仅是解体的力量
任何旁观者，只看见一棵树的切割
之后是血液干涸的伤疤

组合，榫眼，打磨，上漆
其实所有的家具都醒着，木纹里
每一年的岁月都在说话
属于你，只是偶然间的相逢
从死亡的角度，看待一个过程

逐渐陈旧的速度，时刻记录你的关注
譬如承尘的平顶，木柜的腿柱
容易接近湿润的部位，最先腐朽
也记得你，劳作之后的艰辛

安静之后的平静和饮食

家具是你另外的神经系统
独立你身体之外的构成，呼吸
你的收获，感觉你的悲愁
尽管在室内，也清楚你千里之外
匆忙的脚步

书　柜

言语之间，所有人物都很独立
灵魂居住在字体之内
打开任何一本书，那些古老的声音
就会纷纷落地，比任何
尘埃都低

有些内容，早已穿透房间的地基
深入地下的岩浆，等待再次喷发的机会
仿佛清晨阳光的挥洒，没有拥挤
也没有群体争吵的声音

你深入在阳光之内，光芒不会弯曲
一本书与另一本书的庄严
体面中糅合真实的纯粹，有些神秘
也是历史的伤痛，在暗中哭泣
有些垃圾，也是虚伪的颂扬之后

脱落的表皮，隔挡有些小心
因为未来，在你的视野里寻找缝隙

梳妆台上的镜子

设想你从远方回来，坐在镜子面前
那个原来的你，是否已经改变
你认识现在的你吗？旧的容颜
是否长出了新的色彩

面对你的微笑，可能就是全世界
真正面对的自己，可能是陌生的客人
梳妆的用品，肯定属于抛弃
杀死过去，让现在突然抽出身体
觉醒自己的每一个微笑
再见，陷落旧时飘浮的虚空

每个女人都会变身，折断
时间的伤痕，让一次平静的给予
还原心中灿烂的美丽
她说：爱自己，更爱别人
穿越了你，也就熟透了所有男人

衣　柜

忽略，珍藏着许多过往

大量的愁苦，堆积在一起述说
用一个词语，解释美丽
构成的因素

男人最新的衣服穿在身上
女人最新的衣服总在远方
喜欢女人赤裸的男人省略细节
钟爱男人健壮的女人重视过程

从折叠存放到衣架悬挂
悲伤保持的形状。经过多少熨烫
深藏在衣服纹理中的暗伤
折断了时间的方向，令想象的翅膀
停滞洗涤之后的光芒

长长短短的美丽
时刻打量窗外的阳光，外衣
包容季节的心情，独立行走
一生一世的幻想

沙　发

睡是睡了，躺着不一定休息
另一种替代的床，为觉醒的时光
储备姿势反复的兴趣

临时性的擦拭，接待的背后
隐藏着光鲜的秘密
随时坐下，也可以随时起身

情爱的边缘，不涉及山水
托说给星星的事，十分紧迫
夜出售了，欲望炽红如心

饭　桌

肃立庄重，装饰不足的信心
俯拾饮食的时光，始终没有监护人
有些魂魄早已游离，绕过自身
吃饭从来都不是问题

有饭桌与没有饭桌，差距很深
母亲走进黑暗，寂静的树
在房间关闭了轻柔的门
往往礼遇陌生不接待熟悉

起居住（组诗）

起居住

一个普通人，你如尘埃
起居无关得失，也不会用来修史记传
一天又一天，且行且安全
两点一线，家或者远方
山水，围绕着自我旋转

一个人又是自己的帝王，有灵魂
在肉体之上，譬如悬空的事物
阳光中漂泊的影子，解释你
简单的属性，累并且继续累着
欲望，在蒸发中越晒越浅

从故乡开始

每次我回到故乡，总要向地下观望
因为我出生时的窑洞，已经

深深埋在地下。窑顶上方的那个天窗
在我心中，始终有夜晚的星辰点亮

故乡有四间大房，是砖瓦房
父亲在世的时候常常念叨，造屋起居
他死后就会知道灵魂回来的方向
我收缩的心情，知道家的含义
纯粹是一种力量，故乡不会改变
无论你住在哪儿

从故乡出发，从父母的期望开始
一直到达你伸手可以触摸的远方
这个圆形的花朵，关乎想象
就是你关注的人文地理，甚至信仰
花瓣丰腴，在故乡上空开放
这个境界，我想了又想
根，扎在一方温暖的土炕上

日讲官

对于我，有家也是流浪
清晨的第一道曙光，唤醒窗外
那只会唱歌的小鸟，我的内心
总有日间课程的铃声，在敲响

我的日讲官就是太阳

或者说是时间，我心中珍藏着
永远被穿越的箭伤，它的声音
神秘如一，注视我的目光
也注视一切我能够看见的万物

日讲官在我心中设定了一个靶场
万箭穿心的感觉，时刻
让我的劳作和辛苦，没有
容易到达的地方，时间穿透我
如同世界上我不存在一样

对于我，存在清除自我的悲伤
需要虚空，需要逃离单一的选择和方向
站在初始出发的原点上，让光芒
画出一个圆，平行开放
然后，让你的灵魂在其中飞翔

也说隐藏

每天彳亍而行，周身锋芒
像一条蠕动的毛毛虫，餐露饮光
肉体的节律，匍匐在大地上
然后吐丝缚己，破壳飞翔

期间隐藏了什么？真诚的选择
关键之处，将爱情种植

在可以悬挂的那个枝条之上
树叶的背面，荒草的下方
等待孕育出来的，是否遗传的仰望

隐藏在自我之内，是沉睡
还是思考一次人生最终的死亡
做最喜欢的自己，还是改变
最初幼稚的模样，理解重生
是不是需要飞翔起来之后的歌唱

组装自己的文字（组诗）

河上一隅

一篙，一桨，一群鹅
船小似心，横卧在水波里

江天，在远方
鹅的方向，也在远方游荡
是回归，还是出发
水色暗淡之处，被篙尖点破
一个深深旋涡

而那只桨，还稳稳地握在手中
在水面之上，滑翔

组装自己的文字

从认识第一个汉字开始，我的肉体
就剧烈地发生颤抖，这个字

这个词语，这句话
这一段文字，放在哪里合适
是肌肉之间，还是存在血液的流淌
或者神经，或者骨髓

后来才知道记忆，知道大脑
知道有一颗心，那里放着许多零件
木的，铜的，水的，火的，以及土地
祖先耕种的土地，这是最亲近的本色
铺展心野，种植意象
希望自己能够顺从一定的方向生长

俯拾的意象多了，就会迷茫
这肉体的空虚，以及本来的愿望
不舒服，疼痛，咳嗽，甚至流血的疯狂
想尽办法排除异己，而且动刀子
留下许多伤疤

组装自己，并非只是自我的愿望
有时候来自星外的撞击，包括一些暗伤
只能在事后慢慢恢复的那些事故
无法与文字交谈，或者商量
白天在文字的间隙，寻找自己的面容
夜晚点亮灵魂的灯光，用梦境
护卫曾经擦伤的肩膀

我知道，这肉体的包裹无法邮寄
没有地址和收件人，而且容易混入垃圾
在检查和分拣时，容易撕裂外表的虚伪
而且每一个字，每个词语
每句话，都会跳出来向我怒吼
我们不认识你，也从来不属于
你的经验和泪水

检索目录

检索自己的行为，可以分类
可以编排优雅美妙的次序
逐渐深入，窥视密室之内的光阴
属于你，还是属于别人

有人说：真理就是一束光
何必长篇大论，引经据典
无限延伸，细数生命的每个节点
仿佛来自另一个生命的关心
以及位置漂浮的原因

时间的序列，流淌如水
物质的能量，生长如同夏天的绿荫
你自己的节律，在一粒光点上跳跃
开花，还是开花之后的忘记
结果，还是结果之后的低垂

许多目录如同悬浮在空中的阶梯
形式在内容之上闪烁

每个台阶，都需要灵魂的力量
支撑攀登的重量，环节
在环节之上，或许塌陷，或者断裂
发生在最不应该发生的地方
黑洞出现，痛苦会刻一条巨大的皱纹
在岁月苍老的脸上

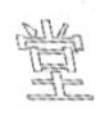

大衍术（组诗）

繁　殖

思考开花的目的，都是复制自我
美丽只能是一种炫耀，仿佛所有美食
暗藏诱惑和欺骗的味道。引申理论
左顾而言他，在背后寻找跌落
虚张声势，弥漫次要
让你没有丝毫的设防，直接进入自然设置
似乎是真正的秩序和选择的需要

色彩美丽，结果更加重要
虽然从青涩到成熟的路程很长，阳光
与水分来自风雨及接近晕眩的烧烤
渲染浓绿的掩饰，在时间之轴上
重新点燃一堆火焰
从一条缝隙，预见未来的一个圆点
时间拉伸，故事明白出发的简单

可以重复或者还原从前
爱情在时光的背面演变，意义
在什么地方？高维度的力矩
可以重复，滋生情感自我迭代的繁衍
心意在温柔的闪光中走向远方

我是一块陨铁

我是一块陨铁，全身浑黑
吸收一切光芒的传递，照见我
就是留存命运的底色

我从天外飞来，深入土地
有人把我挖掘出来，不是为了我
而是为了你的爱，接受我的深沉
我很黑，却不会白活一生

我很热，原本柔软如液
无法伸手可及，我深刻的冷凝
是想让你感觉重量的伤害
完全来自你的内心

良　医

知梦入心，膏肓之间力不可为
我的确是一个病人，手伸进他的体内

他从背面抓住我的头发，说：影子
不可以随身携带，打开黑暗之门
他让无语的灯盏引导，自己隐藏在火内
燃烧接近死亡的美丽

意欲抽出其中的病因，症结没有声音
面对我这个病者，输液全是他倾注的灵魂
思维在上空，浮动溅起小小的涟漪
他没有处方也没有药，我明白是个骗局
虚空所有的梦境，收缩占有的地域
脚步很轻，目光逃离肉体

治世如同摘心，躯壳掩盖真相
用影子出入我的内心，扼杀真诚的给予
欲念，虚弱没有归宿
离开的时候俯下身躯，如同在高空
观摩进进出出的一切病菌，告诉你
墓地周围全是垃圾

如约而至

我列出名单，从远古直到现在的先贤
在静室之内摆好座位，我在对面
想与你们进行彻底的交谈，我的等待
穿越了生命存在的昨天和今天

如约而至，上下千年
虚位以待的层次，挤满了灵魂
所有设想分类的询问，几乎无处扎根
万事万物之间应有的界限，全部暗淡

游动在无数目光之中，我无法交谈
他们的眼睛如同磁力强劲的射线，将我贯穿
他们梯次站在我的眼睑之内
与自己的影像，挥手再见

堆积在我心中的书卷，其中的文字
经过我的手，跳将出来
如同灰尘，在擦拭中突然消失
我看见他们的影子，随后返回字典

寂静和沉默，形成深渊
他们不认识我，因为差距在生命之前
无字的书卷，是他们给我的教诲和遗言
似乎梦境一场，醒来白茫茫一片

与奢侈品市场

你介绍给我，大量的细节被剥离
仿佛故乡的雾霭，经过一次反光的过滤
反复校正颜色，你说我喜欢
把感性的纯粹，十分冲动地说给你

优雅是不可设想的，犹如钻石
与玻璃的对比，我晕眩自己的年龄
以及辛苦的意义，我工作一百五十年之后
与一只镀金的钢笔，无法敬佩

价值不是可以想象的，譬如你的青春
每一秒之间那种悠闲的距离
是否我性增值，是否悟性耗损
沉思和发呆，具有眨动眼睛的专心

我做的事情，属于言语的精美
情韵深长的奢侈品市场
我读不懂一支笔，只能蒙太奇式地想象
神性让谁明白，白天和晚上的高贵

基坑之内

基坑巨大，人影卓绝，排泄坑内的积水
我远远地看着，泥浆泵活塞拉动
没有机械震动的噪音，夜已经很深
城市的断面十分清晰，地铁延伸
历史与时代交汇的地方，总有一些熬夜的人
把视角放得很低

我发现其中有一位是我的邻居
一个村子，浑身泥巴的老家的兄弟

他头盔端正，在指挥大家搬运沉重的机器
我走近他的身旁，他警觉地伸出双手
称呼我是领导，检查工作也不告诉工作面
无视操作流程和工作纪律

他拉我站在高处，与他的作业团队保持距离
他说哥哥你快点回家，工地危险
不是你能够自由出入的地点，大家很安全
出门在外挣钱，不需要你的关切
我的双手沾满泥浆，整座城市倒立
映在基坑，一切都从地下生长出来

丧葬之后的雨

魂魄远逝，总有这样送行亡灵的雨
在丧葬之后下起，是追忆
还是保持世间的体温，始终不肯离去
低垂的天幕，无法解释消遁的轨迹

死亡是一种程序，仪式浸渗久远的确认
告别过去，让尊重持续恰当的机会
承接将要到来的命运，需要淋漓
一次扭转时局的聚会，历史中
改变方向的战争的壮举，有牺牲伴随
也会有一场雨，痛哭并且哀泣

告慰天空的淋滤，不仅仅是到达天堂的路
由你自己选择，哀悼者的心
在激情澎湃的时候，潜藏寂静深处的忏悔
用升腾的雨丝，给生命最后的敬礼

黑陨石

我是一块陨石，从天外飞来
面容赤黑，目光如幕
怀揣热血，燃沸在九万里之上的高空
因为向往尘世的生活，气热如火
急急如律令，快速降落

我腐软如浆，七彩熠熠
在天鼓齐鸣的震雷中，抛撒自我的躯壳
急行，与缺氧的蓝天擦肩而过
迅跑，与富有的空气摩擦发热
我的身后是一团黄云似的火

声如雷震，在晏然无云的高端
响彻我的歌哨，我要陨落
我要穿越大地的壳层，深入土地的怀抱
我不怕海岸的潮堤决裂，海水腾跃
我不怕以众暴寡，以大并小
我要散气而后冷凝，肆意张扬
貌之不恭的骄傲

在红光烛天中喧嚣
在神守精存的圆弧之内寂寞
叩击钟磬之音，借住生灵万物的成长
大如拳，色如铁，不会含苞开放
顽化通灵，可以孤独地享受
地球上耕种了收获的生活

流星雨

再次相遇，天外美丽的散花女
天枢交错的辐射点，寂静
时空永恒的盘旋，天幕依次拉开

宇宙风吹向哪里？是否温暖
坐在山顶上，我说时间是清醒的无眠
远而无边，近而灿烂

流星雨把追忆撕碎，用一场天雨
在另一个时空述说光焰
你住在我的梦里，不断循环重现

大衍术

神思通行的地方，意象一路开花
暗物质以及暗能量，跟随思想的波动
一步一步，走上彩虹架构的桥梁

黑暗到达黑暗，虚空瓦解虚空
万物的弧度，盈握在一只巨大的掌心
甚至是一个微小的团粒

阴与阳，开与关，在穹顶之内盘旋
一种关系，两个落实的地点
我在思维，你在实践，明与暗
对影谐成镜像观念，数据
如同蚁群的洞天，形式等于内涵
持久的温度，缔造一场爱需要的因缘

草木可以窥视从前，也可以知道
你心中的惦念，如果无思无虑
只有纯洁无比的雪原，覆盖四野的苍天
动念演化世事万千，如同一次事件
面对流水的改变，意象树立
星体的旋转，会被疾行的时间揭穿

相　空

你给我传来一张图片，美丽的倩影
全息打印出来，是否能够
让你站在我的面前，瞬间的通道
可以改变时空，仅仅因为思念

我用金粉蓝宣，颠倒一次

文字可以书写的方案，碾碎我的肉体
铺展欲望如同清晨铺展霞光的灿烂
一泻千里，让世间明白
你席卷而走的黑暗，缩为一个圆点

文字相空，真心可以显现
世相的维度保持向前，不能窥视
知觉的边缘，是连续还是折断
在非常完美的轮廓里，层层叠叠
都是你的微笑，凸现我的指尖

终南山

担着山脉，去赶太阳
云朵飘向遥远
北方在北方，南方在南方
从你肩膀流下的汗水，滋润四方

无极在昆仑之上，冰山
是你洁白的衣裳
地倾东海，只因喜马拉雅在长高
风吹过千山万壑，泪湿透梦想

癌症细胞

你死了，她仍然活着，那种纠缠

一直传递到永远，有一天
你会看见自己，侧身站在路旁
向你指示另外一个方向
测量原始罪恶的深度

其中紧裹着你的思念，恒守
在死亡的边缘，通过射线和无眠的时间
凝视你的忍耐和苦难的深渊
灵魂漂移或者降落，她无耻地活着
寻找枯萎的市场

借尸还魂

超市，财物中心，火车站
可以寄存行李，以及占用双手的东西
有些家具，货物，包括贵重的物品
可以寄存在朋友那儿，甚至准备遗弃
复制路径，约束轨迹

我寄存在哪里？可能只有你的内心
让我住进去容易，走出来难
我知道，真正爱的根源是一种纪念
永远寄存在那儿，颠倒欲念
即使死亡，还有借尸还魂的时间

大衍之数

万事万物，推演数字的改变
一个圆圈，两个端点，四时五行
小令十二月，节令二十四
大衍之数，在混浊生成之时
轴向倾斜，方域有无

单双共有，阴阳昏晓
方以类聚，物以群分，不出左右
天之数二十五，地之数三十
太极不用，天地之下备注毁灭
循环灾变和生死

时过境迁

我的肉体充满欲望，看见你
血脉高涨，眼睛溢流渴望
你问我的一句话，使我受伤
我感觉肉体崩塌，如尘埃
突然间飞向四面八方

倾向你的心的方向，那种渴望
仅仅只是幻想
许多处境不需要想象，意识扎根

灵魂被颠覆的时候，爱情
是否在另一个泉边，梯次绽放

我已经不重要了，形成土壤
或者是沙砾，被你在手心捧着
粉身碎骨，越过千万年时光
如果你不认识我，我又怎能
把远古的思念，放在
今天的天平上，让你掂量

幸福之箭

拥有你，如同天赐的善良
需要经过无数的坎坷，或者爱的悲伤
拥有了你，幸福仿佛射出的箭
固定在柔软的不是目的的弦上
最后的力量，并非我最初的疯狂

不再拥有你，我感觉眩晕的占有
如同审视一个圆圈一样，始终
面目全非，无法把握方向
真正地拥有你，是我转过身去
背向你的虚无和空旷
你在不在现场，只是形式
而我的泪，如同布满天空的云
没有逐渐下垂的勇气和胆量

完成犹如一次呼吸，一次诞生
过程之后，泄空一切
你是否真正回到了从前，那么清晰
中断的是什么？经验种植在枯死的路上
鲜活那些事件，你早已厌倦
繁复不变的简单，以及隐藏在期间的灾变

时刻都在运转，其他人的故事
在不同的地方同时上演
我也一样，看着你的面容
从灿烂开始衰老，直到仿佛枯黄的树叶
经过的季节，变化了的只能是我
无意的欺骗和羞涩的谎言

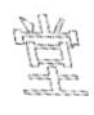

一座小桥

层层叠叠的屋檐，分割食物的界限
你的脚步在哪儿停留？
天空总是有鸟儿飞过，石砌的基础
粗犷中露出你的庄严

流水绕在门前屋后，一座小桥
横卧其间，桥虽然小
却永远走在风浪之上，让心中的距离
缩小到最短

一叶舟，系在岸边
人影在桥上，也就是在天上
水中的映像，真正地成为神仙
一座桥，渡与不渡，已经界限明显

第四辑　黄金树

如果你除灭周围的灌木，在众神拱卫的山顶，独留一棵黄金树，或者重建一座天堂寺……这初春获得的风景，是不是可以走向永恒……我只要一转身，就可以返回，重新体验翻越无数道山梁的千万次伤心。

走一步，可以到达天堂。黄金树长大了天堂寺塌了，还是天堂寺塌了，黄金树才长出来？

一朵细小的花，注定无法开在沉默的枝头上，一粒浆果，在越冬之后的枝头上绽放光芒。春天来了，黄金树繁衍的丛林，在四周的山坡上燃烧。

——引自《黄金树》

岁月，站在事物的对面

（散文诗七章）

万里长城

再筑一座长城，在遥远的山顶之上，那里距离星辰最近，那里故乡不再遥远。那里可以瞭望星空的浩瀚，那里可以种植想象的花园。

长城把彼此拉长的思念不断缩短，长城把回归的信心用温暖点燃。

长城不是关塞，长城不是边缘，长城也不是界壕堆砌的安全。长城不是一道伤痕，不是骨肉累积的宏大和无边，长城也不是战争的边缘。

长城是灵魂的界限，是希望能够到达的成功和最终幸福的圆满。长城上的城、障、亭、标，不再有瞭望口，不再有万里烽燧和无眠的夜晚。长城在友爱中延伸，长城呈现微笑中梦境的甘甜。

长城不是修筑起来的，寸土粒石，肩挑力担，穷极辛苦。

长城不是供养起来的，滴水口饭，拌和血泪，遍尝艰难。

长城是灵魂滋养的一条直线，是诗化关隘要塞险阻山川的郑重诺言；长城应该是一个平静的水面，承载民生桑麻世纪姻缘的航船。

长城不是长风吹度，万里人还的无限思念。长城应该是一个鲜花丛生的花园，长城内外，到处潜藏着火热的相思和温馨的爱恋。长城将热血浇筑在山脉之间，不再流淌远古恒久的忧患。长城是强劲的海风，到达云际吹送的高远，无数梦想与彩霞一样布遍飞翔的空间。

再筑一座长城，永驻你我之间的所有路线。

秦兵马俑

塑造一个自我，站在人群中，等待你的确认。

我是否你一直等待的那一个重新归来的人。

我曾经遍体鳞伤，无数箭矢射穿我的自尊和善良，手中的剑任由血液和泪水沿刀锋流淌。一次次战场上的厮杀，都要经历相似的重生和死亡。

如果活着，谁会放大声音痛哭一场？

战后的祭亡，是自我重新飞渡的景象，你会感觉灵魂的飞翔，随一股青烟飘逝到无限高空，孤寂辽远，肉体的尘埃贴近地面，浸透沉默的哀伤。

许多兄弟离去了，就如同站在你身旁，整齐划一，保持列队的方向。你知道，我能够回来，是因为一颗星星与我的灵魂发生了碰撞。我知道，那是你让我立即返回大地，随雨滴跌落到你的屋檐下，沾湿你时刻滋润的门和窗。

你认出来了吗？我再次浴火重生的模样。

你一遍又一遍地巡视我站立的地方。你记得缝补过的衣裳，以及铠甲下胎记的印青，珍藏有你体温散发的清香。

是的，重新掩埋我的阳光，今天早晨分外明亮。

阿拉伯塔

我始终相信，你在行进之中。

跨过大海和夕阳，直接挺进心中的辉煌。一滴水又一滴水汇聚的海洋，汹涌在你的身旁，昼夜不息歌唱着喧嚣的力量。仿佛一块砖又一块砖堆砌的阶梯，一步步走向繁荣的梦想。最后，你站在白天与黑夜相间的时间点上，点亮天空的灯盏，在无限的星际中飞翔。

一座船，永远处于风帆张扬的形象。也许时间的横轴上没有去向，让一切智慧在时光的纵轴上疯狂成长。

世间阳光充足，大地展开胸间所有的珍藏。万物恒久记忆一朵鲜花盛开的模样，根基所在之处，我与你站在一座孤岛之上，在剪影中沉默，瞭望那一扇始终没有关闭的窗。

远方，在沙漠的中央。如果我一直不能见你，让航船退回去，返回一把泥土，回归一棵树，再次成为一粒沙。

而我，经过一遍死生，重走一次人间的路。

荷兰：风车

长年不息的风，贯穿一种彻底的扫荡。

永远的西风啊。我在遥远的东方，一年之中等待一次郁金香的花香。是那吹拂的海风通过无尽的海浪，在每年一个特殊的节日，搜寻爱情需要到达的地方。万里征程，一夜之间，包裹着暗藏的香味，说不出相思的浪漫……也许就是你身旁，那位含笑羞涩的姑娘。

永远的西风啊。你穿越多少时间的长廊，守护一片低洼的地方。海侵和海退都是尼德兰最低的哀伤。万千船只挂帆出发，西弗里西亚群岛拓展的水域，仅仅只有不到一米的落差。海堤悠长，远远的……可以听见高卢雄鸡的啼鸣，在早晨的露珠上开花。

永远的西风啊。遍地的风车，旋转流云飞渡的天空，一串串倒影在清澈的水面上驻扎，相互切割的道路和桥梁，昂扬一种坚挺的守望和回答。河流在屋后，家园在水上，风在叙说海风的滋味……那座尖顶的房屋，拥吻季节的时差。

荷兰风情，不是低速可以抵达。

泰姬陵

为爱情设定一个抵达的方向。

为一个女人的哀伤，建造可以放飞灵魂的天堂。

无论黑白，美丽可以装饰如水的思想。让时间在你的倒影里荡漾，曾经的缠绵，是否能够彼此模仿？生与死的界限，在亚穆纳河的岸边，排列着对称排列的思念和悲伤。

岁月，站在事物的对面仔细丈量爱情的忧伤，大理石传递肃穆庄严的荧光，喷泉的韵律无法镶嵌梦幻中真爱的意象。

面对面偶遇，就能穿越千古，仅仅是一种幻想。

奇迹在奇迹之上，和谐显示不朽的光芒。

如果能够忘记，你多么美丽。期许岁月隐隐的忧虑，避免末世视力的衰退和水晶球上反射的映象，给予爱情一种永久的埋藏。

一个游客，将石头的灵魂在黑暗中用心擦亮。

布鲁内莱斯基穹顶

闭合思维的天空，独步在虚无之上。

把握垂直向下的探索，引导精神延伸的方向。你知道，一步一步沿着云朵，可以到达出现彩虹的地方。穹顶之内的神圣祭坛，需要分担弯曲想象的灯光。

让墙壁弯曲广阔的领域，让无为创造空间包容的现场。你反复思考铁条的内角，仿佛飞鸟迎接气流的热量；你站在时光的拐点上整理石头的思维，如同光明行进在水面上。在拉力环的弧线之内，连接希望圆满砌筑的梦想。

穹顶之下，事物对面的精神，反复膨胀。脚手架倒塌了，支撑点没有生长竖立的土壤，根基悬挂在时空转折的地方，神奇照耀教堂的每个角落。祈祷之声还原了神圣，唱诗班的歌声理解了人字形的重量。

走进去是为了拯救心灵，走出来是迎接阳光。

人世间的阶梯，在布鲁内莱斯基的脚下成长。穹顶之外，到处都有提着花篮的姑娘，跨过智慧通达的桥梁。

迪拜塔

我相信一朵玫瑰能够在内心开放。

我相信鲜花丛生的地方，爱情在疯狂地成长。我相信高空之上，每个迎风颤抖的花瓣，存在倾向核心的信仰。

顶端，就是信仰抵达的地方。激情，速度，或者强大的力量。

摩天大楼的高度，不是眼睛可以眺望。

枝头开花是叶片的支撑，还是花瓣色泽聚集的能量？心灵圆满之时，射出的箭镞，是否永远向上。筒状结构指引的道路，保持每个细节弹性的复位，晕眩之后产生的扶壁形象。有人告诉我，许多智慧，也许不可想象。

关于开花，我知道，今天的尝试，正在颠覆明天的幻想。

黄金树（散文诗四章）

三月的注释

三月是温暖也是寒冷，三月是饥饿也是富足。今夜，风将抵达你的唇边，潮湿你温柔的目光，那种灯光下掩饰不住的寂寞，如同春雨濡湿的记忆，一段故事戛然而止。

三月是等待也是出发，三月是开始也是结束。今夜，月光走近又走远。你的每一滴泪，都如同划过天空的流星，深刺我灵魂的内部，表面风平浪静，内心却是铁马冰河般汹涌。

三月是杀伤也是医治，三月是毁坏也是修复。今夜，雨将在无声中降落，你庭院的桃花树含蓄病痛的羞涩，年轮的环节没有形成间隔。有些层次是水平的，有些层次是垂直的。

三月是哭泣也是欢乐，三月是呻吟也是大笑。今夜，点亮的灯就要熄了，远方的召唤如梦境里的相遇，土地掀起的波浪，再一次回归原始冲动的现场。

三月是缝合也是撕毁，三月是呼唤也是沉默。今夜，注定匆匆而过，相信那时的过错，不会为我流泪，也不会因为今天的遥远，经过千山万水，把陌生变为熟悉。

三月是诞生也是死亡，三月是播种也是发掘。今夜，你新鲜如初，充满着无尽的诱惑，透视血液的膨胀，以你无边的抚摸，泛滥青春的光泽。空旷的田野，消融一层薄绿。

三月是抛弃也是收集，三月是丧失也是获得。今夜，错过邀约是无意的，想那聚会的场所，隐藏着等待开放的花朵，欢乐之后变幻的角度，对望空寂的尽头。

三月是拥抱也是回避，三月是珍藏也是挥霍。今夜，温情在乡野生长，新潮流的方向仿佛鱼类洄游的感觉，春光回暖的日子，一个跳跃就能到达。

黄金树

黄金树生长在天堂寺的中央，天堂寺很远。

你踏雪而行，在人迹罕有的山谷中行走，白茫茫一片。路很长，一个人十分孤单。这是早春中的一天，这一天是属于游走的，你一个人独自上山，去寻找天堂寺里的那棵黄金树。跨过冬天的积雪，辨认梢林中的路迹，行进中的风，卷曲丝丝阳光，在冰冷中传递不可亲近的孤单，温暖只能由内向外，传递对远方的情感。

天上的云越飘越远。早春，有些东西是掩藏着的，犹如无奈和认命的游走和孤寂。

你看见了。你远远地看着那棵树，你无法彻底地走近它。你看见了。传说中的黄金树，是一棵巨大的沙棘，在山顶上独立，它的周围，形成了一片灌木林，浑身都是干缩的浆果。雪野中我看见的，是一块又一块集中闪耀的金黄色的颗粒。也许你不知道，沙棘的颗粒是细小的，成群成堆，隐藏在许多尖刺中，只有叶子落尽的时候，才能显现出浆果的颜色。金黄色的，金黄色的浆果，消除了万千病痛一样，在等待后的关注中闪烁。

如果你除灭周围的灌木，在众神拱卫的山顶，独留一棵黄金树，或者重建一座天堂寺……这初春获得的风景，是不是可以走向永恒……我只要一转身，就可以返回，重新体验翻越无数道山梁的千万次伤心。

走一步，可以到达天堂。黄金树长大了天堂寺塌了，还是天堂寺塌了，黄金树才长出来？

一朵细小的花，注定无法开在沉默的枝头上，一粒浆果，在越冬之后的枝头上绽放光芒。春天来了，黄金树繁衍的丛林，在四周的山坡上燃烧。

风花雪月

没有风花雪月，三月就是一场过错。

风是行走在水面上的风，仿佛轻柔的指尖划过，微波荡漾，承接光束的流淌。风不忍春光堆积在水面上，划开水的纹理，让阳光深入下去，如同思维延伸的渠道，让你从唐朝走到宋朝，再从元朝到达明清。风穿越幽暗分割了昼夜，风是一种界限吗？风是温暖的风，也是潮湿的风。风是方向，也是眼神。风是关注时的认真，是深情之后坠落的原因。春风，不仅仅是在三月刮起……

花是春光中流泻的桃花。从第一次初开的心意，到浪漫彻底的泛滥，感知冷暖的路程势如破竹，一路北上的速度拒绝慵懒的气息。一年盛开一次妖冶唯美的心，享受瞬间的相遇，珍惜现在的给予。飘落，也不允许如醉如痴后的伤春，感觉同样的枝头，再不是去年的那一朵，只能与你一年一会。

雪是山顶上的雪，是灵魂飞翔的天堂。雪在世俗的更高的层次之上，仿佛最终抵达的信仰，给予境界一种真诚的梦想。雪是纯洁，雪是最美丽的家园，雪是意念能够延伸的方向，雪是凝练精神最难得的广阔。雪是另一种境界，也是另一种阻隔，雪是虚无的顶端，雪在更深的理解上，是自由跳动的脉搏。

月是高悬的月，月在心中也在天上。月是李白的月，也是中国的月。月在海上也在沙漠，月在山顶也在湖泊，月是行走的心，月是回归的魂。月是长夜中的思念，月也是最为温柔的睡眠。月是生动皎洁的微笑，月也是镜像中自我的照耀。从月圆到月缺，从月缺到月圆，这一个月，你的心跳动在什么地方，关注在哪一个人身上……

风花雪月都有了，你还需要什么？

植物的生命力

抓住一株植物的根，向下，向下一直探寻……

给自己一个悬崖，在剖面上看清你的面容，或者说你的性格可以镶嵌在什么层次？

揭开冻土层，一直向下挖掘，在新鲜的断面上，继续寻找植物的尖芽。这个线索十分脆弱，纤细的根须，需要放大内心的尺寸，感知界层上平行的搜寻，以及层间的垂直的扎根。

让潜藏的千山万水，浓缩为咫尺天涯，拒绝尘埃覆盖的喧嚣。

让行进的日日夜夜，化解为时时刻刻，接纳英雄迟暮的悲凉。

把自己深深低进尘埃之下，等待你的前世今生，在更深的深度里逐渐溶化。

溶化为泉流，溶化为岩浆，溶化为老泪纵横的呼唤，久久无语地看着自己的出发。

不要相信已经抽出地面的嫩芽，那属于阳光的部分，那属于另一种生成和生命绽放的原因。你要明白地下的伸展，你要揭穿黑暗的本质，在温度的中心地带，发现潜藏的灵魂。

生命力一直向下延伸，寂寞的理由往往与死亡毗邻。

在生命的断面上，无奈占据更大更多的区域。

芽尖上的孢子比开花更加美丽。

读东坡四章（散文诗）

定风波

狂风在吹。

一棵大树上，其他叶子都落了。剩余的一片叶子，挂在树梢。我们知道，冬天真的来了。

那片叶子，很孤独地挂在树梢。

风吹，雨打，霜冻，雪飘……

它都没有落。

其实跌落是十分正常的，不落才是孤独的。

落叶不落，不是选择，也无关刻薄。

所过风景，关乎根源或者洗练的人生，思在其外，化在其中。滋养生命的能量，可以在我性的建构中完成超越，超越悟性，超越神性，孤立在树梢。

只是现在，不说从前，也不说今天，更不说未来。

比从前，更加寂寞；比今天，更加羞涩；比未来，更加超脱。

佛印说：一个眼神，已经平静经过。

水龙吟

泉流出处皆清澈，经千山万水，终归大海，一片碧蓝映天空。

随物赋形如流水，遭嫉妒，被误读，孤独失意一生。

孤立江上，谁人哀叹？不知更几百年，方有如此人物。长袖善舞，为天下，为苍生，豪气拔地，风采贯虹，承受着轻重。如水美好，无缺彼岸。难得难忘的爱意，在温情的悠长中指向对怨对恨的抛弃。隐忍的牵挂，思辨清风明月的真意。

以自己的角色和位置，回溯生活的本意和真谛，不全时宜独弹古调，良知瞬间的自由。烟云皆如竞争焦虑，坎坷酷似嫉妒恐惧，放下一切负担，让生命在高空行走。

高情已逐晓云空，不与梨花同梦。

水调歌头

一个人一生可以跨过许多河流。

犹如一片海洋，海洋背后的江河千条万条，到达海洋的时候，就只有一条江一条河了。这条江河是真正的、宽广的、慈悲的境界充满天下；这条江河是黑暗、痛苦、绝望、焦虑，人生黑洞般的经验积累，承载着苦难的集合；这条江河是善良、温暖、关怀、光辉，以及光明的东西，坚定了一直向下的决心。

不需要调头回溯出发的地方，河流的彼岸就在前方。

河水的集体无意识状态，是无罪之罪，也是在共同犯罪，犹如过程不知道结果。

譬如狂热的叫嚣，譬如仇视的虚伪，包括狭隘的怨恨。自我与时代的错位，是伤痕，也是记忆……

多一点超越的东西，少一点些许的计较。

波浪之上，善恶的尺寸，始终在度量人性的闪光。

江城子

我是在春雨中读你的。

唤鱼池中的水，雨滴惊醒了谁的青春？池畔，依偎的身影演绎了多少爱恋？敏感的水听到了鱼的声音，水中的波纹传递的情感，具有春天的温暖。噢，真正的鱼水之欢，是在岸边。

一路相伴，如此十年，一次长梦，悲凉中滚烫着凄迷的哀伤。

月明衷肠，短松山冈，眉山境内，三万棵青松一步一步回望。

王弗惊喜，王闰欣慰，王朝云品味出了轩窗边的梳妆。

幽梦中还乡，春雨迷蒙的苍茫，你走了，他仍然会去远方。

我听见了你的声音，在春雨中穿行，去远方！

去远方，去贴近你旷世寂寞的心中，那个最疼的地方。

又梦见桃花（组诗）

在公交车上

车辆限号的初春早晨，是清冷的
一位年轻的母亲，一手抱着她的孩子
一手紧握一只奶瓶，母亲微笑看着窗外
孩子十分欢乐，玩着他帽子上的飘带

许多陌生的笑脸，身旁许多陌生的人
我也曾这样，洗过尿布，喂过奶瓶
抱着自己的孩子，在清晨奔赴生活的艰辛
让笑容流淌，让你的内心透出光芒
犹如那个年轻的女人，在每一个早晨
让窗外路灯，逐一点亮

路程很短，也许下一个站点
时刻靠近你到达的地方，不认识
也没有必要收起笑容，树起心墙
我感觉，微笑的热量在窗外的田野里

解冻待耕的土壤

在公交车停靠站点的时候，玩耍的小孩
每次都会挥动小手，做出再见的姿势
然后抬头看一眼母亲，羞涩地抿起小嘴
我感觉微笑的灿烂，仿佛新绿在枝头上跳跃
噢，我知道，春天真正来了

又梦见桃花

踏雪寻梅的日子，又梦见了桃花
一束一束，一丛一丛，满山遍野
盛开在灿烂的阳光下，仿佛瞬间醒悟
犹如启示，滚动一种快速的燃烧
我在梦中问，是谁种植了灵魂
又让灵魂处处发芽

是一场意外的雪，下在昨天
惊醒了我梦游中的思绪，还是蓄意的等待
跨越了冬天的脚步，提前到达
那种温暖，那种温柔，妖冶时光
一树又一树，彻透的光芒
在我的睡眠深处，灿烂地开放

如同有一个通道，允许黑夜穿过
站在桃花盛开的山坡，忘记岁月的风霜

以及年轮的生长，桃花的命运
就是一场风过后，与流水汇通的地方
我知道，此时的青果凝结在枝头
梦，又会生长在另一个远方

给你谈谈春天

按照传统，春天有些伤感
时间的重量并非虚构，犹如故事的开始
准备了整个冬天的花期，瞥了一眼
便是一场惊心的存在
春天是木质的，向上生长

述说现在，春天总有无数等待
当绿色覆盖尘埃，斑斓多姿的色彩
会在远方，迎接你的到来
你有一枝玫瑰，也有一所房子在海边
海子说：面朝大海，春暖花开

听说未来，春天的脚步充满可爱
从南到北，鲜花如幕布一样拉开
你的睡眠有可能跨过花开的界限
你想看见盛开，可能遇见的是一种衰败
春天是草本的，枯荣只隔一个晚上

其实，春天在重复上演一种替代

每个日子都被你拥有和爱戴
每一秒钟，都可以分解成为无数次的关怀
心中的温暖，由内向外
春天是金属的，时刻在警觉中敲响

我是说，春天不是偶然，春天是你的意识
虚构起来的，一场疯狂的恋爱
我是说，春天就是结果，春天是内部爆炸
膨胀万事万物的内核。春天是一种热量
火焰般地，把你的温暖传递四方

逐梦，在阳光之下（组诗）

出租屋

出租屋不断更换工友，譬如今天
流水线推开的门，失去靠山

以前是朋友，现在可能再次失散
脾气增长，减少语言
偶尔时间也穷，买不起面包和牛奶
买不起爱人和故乡
这里的交往没有终点，似梦似醒
凌乱的声音的碎片
堆在墙角，患难无可名状

出租屋的内心，只需要三天
三天之后，就是许多酒醉和呐喊
许多叫屈和失恋之后的表演
动作如厮杀，声音如惊雷
打破窗户，毁灭天花板上的灯盏

人呢？早已冲向长满玫瑰的花园

出租屋有时也很安静，譬如读书
那个自称诗人的工友，静如待航的船只

逐梦，在阳光之下

几乎每天，我都可以看见他
站在宏伟高大的楼下，不停拨打电话
分发邮件和包裹，偶尔也能听见他的狂笑
对某个女子，说你的美丽已经抵达

一个被阳光煮沸的正午，他站在阳光之下
挥汗如泪，面前堆积如山的订单
是热暴的十三点的续延。我让他走进
我凉爽的办公室，喝一杯茶
他一口饮尽，脸上重新渗出一层
如豆的晶莹透明的汗滴
他用手抹了一下，说：还没成家

他说：我把影子留在这儿
我要去邮寄物品，我的梦在那些东西里
他又端起一杯热茶，速度
像箭一样，射到楼下
我看见，他的脚下没有影子
整个身躯，装饰在浓密的阳光里

好像一件包裹，环聚沉重的匆忙

有一次，我看见他的左脚，突然跛了
我问他原因，他避而不答
目光中的反复，被如飞的动作剪断
一杯油茶，两个包子，挂在车头
他嘴角的微笑，还没有咬碎生活

这几年

这几年，我时常在清晨去公园
与一只小麻雀对视
相似的觅食方式，相似的孤单情感
我也是一只鸟，飞来飞去
一件牛仔夹克上衣，沾满水泥砂浆
沉重如铅，如同我之前的贫穷
夜晚覆盖脊梁，白天穿在身上

这几年，耕种与收获已经改变
许多期许，不必等待明天
妻子将蔬菜打上标签，网送几个超市
小儿子的幼儿园，也有机器人
可以回答幻想中的语言

这几年，土地集体流转，高效大棚
耸立在庭院旁边，我惊喜无土栽培

遗忘了四季轮回的哀伤和时间
过去心中的遥远，消失无边
城乡距离，被高速公路与桥梁埋藏
妻子方方正正的餐桌，也不再简单

这几年，我时常换洗衣服
有时工装，有时西服
偶尔还擦亮皮鞋，与妻子儿子
到达云南的蝴蝶泉边，欢欣和狂喜
如同春风穿越昆明的灿烂
那件夹克上衣，还时常挂在我心上
我知道贫困的镜像里，是返乡的自愿
也是种植自信的圆满

扫落叶的人

面对树叶，你的脾气如风
时而直接，时而回旋
仿佛众多的死去的叶片
与你的扫帚有关，聚拢阳光
压迫腐朽的重量，埋葬
深秋沉积的荒凉

隐忍了多少次，恨不能一夜风霜
结束枝头上树叶的生长
车前车后，困惑的目光

寻找理解贫穷和逐渐沟通的理想
一条小狗，穿着花衣
追逐落叶的飘飞和迷茫

心怀暗伤，无法说清冬天的来临
和时间走向冰冷的扫荡
倘若真正有一场大雪，覆压大地
你的扫帚，是否可以
清扫回到家乡的道路，消灭距离

足球世界杯（组诗）

预约看球

把时间浪费在你的欢乐之上，你知道
我会有多么的疯狂，这种美好
在你年少的时候，我就曾经设想
预约你三十年的时光，是不是很长
七场半足球赛，累积起来消费
等于一个夜晚的边长

岁月无论压缩还是延长，我总是
在夜半醒来，想想你眼睛之内的光亮
我在倒影中举杯，还是已经沉醉不醒
都如同一场足球赛，保持始终燃烧的激情
约吗？今夜的确是在风雨之后

期待，期待一场可以解放的宁静
一个通宵的场次，心情爽快到无限
假如没有设定输赢，假如我们相隔万里

相互并不认识，能有这种共同的机遇
在孤立无援的时刻，欢乐之后流泪

虚 度

消暑只是借口，譬如一瓶啤酒
譬如一支香烟，仿佛你我瞬间的对视
虚度这样的时光，只是因为你
因为你在我的身旁，或者举世瞩目
万人空巷，来了就是来了

世事盛况空前，你与我在末端吟唱
在彼此灵魂交错的地方，停滞
许多可以消费的时光，相聚一起
与心灵之外的欢呼对饮，与地域之外
另类的疯狂相撞，体验过瘾的现场

不要控制你自己，给虚度的光阴点灯
归还一片光亮，如果没有夜晚
人类就会没有梦想，如果虚度的终点
建筑在辉煌的台阶之上，匆忙
只会投影，相互掠夺残害的悲伤

足球世界杯

欢乐真的很小，用一枚小酒杯称量

有时会溢出，许多微笑和健康
一只足球，遵循规则的节奏
演绎世界的市场，天下之小
小到任何东西，都可以继续环绕

真理是弯曲的，仿佛你的来到
不远万里的征程，吹送泪水相伴的骄傲
你若输了，我低头致礼
你若赢了，我兴奋雀跃
一纸成绩单，抚慰直接的冲突
以及日用品的需要

世界很大，地球很小
彼此握手之间，跨越阴阳昏晓
昨夜星辰，也是天际尺度之内的渺小
理解爱，就会理解信息抵达之前
相互温暖的拥抱

一个人的世界杯

我在桌上放置一个空杯，让梦露
倒酒，让卓别林递酒
让萨特和波伏娃作陪，让布考斯基
张开大嘴，让迪伦的歌声变成
一杯咖啡，还有一只小猫咪
这些空想的来源，都是因为荡漾

一个梦一样回旋在神经中的中国

我只能在电视中观看世界杯，没有酒
浇灌我的肠胃，想想有红唇张开
杯中的葡萄酒，也不是我的赐予
我不能跨出我诗歌的境界，也无法
一跃而起，将灵魂射进预设的球门

欢呼对于我，可能存在无限的骗局
有人输了，有人赢了。睡眠中
世界性的话语，如同没有倒掉的洗脚水
喝吧！与你们一起饮尽虚无的空气
我知道，一粒子弹飞过来
击碎了我的一无所有的高脚杯

绝　配

伏尔加太烈，过度饮用
就会醉卧街头，如同游离家外的野狗
被遗弃而后缺失许多免费的邀请

世界杯的绝配，是一群冰镇的朋友
包括撒娇的理由，颗粒状降温措施
激情，辣爽，美味，臭屁
啤酒，香烟，美女，拉拉队
沉默对视的焦距，是让灵魂战栗

球赛流动光斑挪移，人物若是若非
让规则扭曲，让边界延伸
突然一个旋涡，明星纷纷脱下外衣

短诗二十六首

清明有雨

每一滴雨都浮托着思念，超越自身
应有的重量，分泌一种压抑的气息
不似冰冷，却透彻内心
不似温暖，却惊醒灵魂

我明白，每一个灵魂都是孤独的
经过无数轮回，到达天空之上的原因
是觉醒之后，再次回归大地的根本
我相信，每一个灵魂都相互熟识
因为生命其中的认知，已经完美
成为一个透明的晶体

雨滴打湿了崇山峻岭，也打湿了许多
盛开的花朵，以及行人紧迫的心
包括逐渐浓绿的山坡和森林
因为任何生命都不是一个孤立的事件

生命在生命之上叠印，仿佛天空
天空之外仍然有天空膨胀

自上而下的降落，需要回答距离
在这个时间的节点上，是否清亮事实
明白一个能够穿越的裂隙
告诉你，来自哪里又去哪儿
通过渗入皮肤的那一滴雨
让亡逝的空虚，复活世间的一切疑问

渭　河

古豳国，在一片山凹豢养了野猪
漆水河畔，种下第一株粮食
穴居的草屋和窑洞，迎接了早晨
梦醒后热泪盈眶的眼睛

一隅山水，天地安静
耕耘七千年之后，依然绿意葱葱
指向向东，方向恒定
重复汗水的流淌，选择耕种的光荣

沃野千里的厚度，如同一面鼓
你的脚步捶击着谁的脚步，韵律
叠加地壳震颤的回声，黄土高原呼唤
秦岭山脉答应

想起海子

兄弟，你一个人走那么远
一定是走进了大海，你背影中的孤单
让一枚橘子在胃中腐烂，还有二角人民币
写下你无法述说的遗言

上天梯的路你找到了，太阳神
的确传递了你心中的风暴和闪电
你相信，山海关是个神话
我不能抿住口说：神圣就是复活

兄弟，二十九年你如何生活
天空的诗句写在大地，那些阳光
把重量凝结在每棵树上，每一朵花
都听见了你所需要的快乐

兄弟，你走得太远了
如果回首，你还会面对我说
你已经醉了

狂风的背景

孩子，这股狂风从史前吹起
抬升了喜马拉雅山脉，诞生了中国

让黄河长江，贯通湖泊和水域
干涸了楼兰，以及可可西里
还有一个民族的融合与崛起

孩子，你脚下的土地是一片古陆
她率先从海洋浮出，孕育生命
最初的呼吸，尽管地倾东南
昆仑之东，不周山下
狂风在吹送逐渐湿润的消息

孩子，风也有前世的背景
现在横行天下的原因，狂风之后
也许就是春雨，和花开四野的惊喜
你理想中的森林，会在一钵水里
荡漾出山清水秀的秘密

晚　祷

我相信夜晚的深邃，相信黑暗里
隐藏着许多许多魂灵，每个
夜晚从古到今，叠加在一起
才塑造了我，尘土般的肉身
也有你，时刻守护我的秘密

肯定有许多淘洗我身体的事情
在黑暗的内壁进行，譬如梦

譬如睡眠中突然的惊醒
夜的流动，是在冲刷我体内的污垢
时间的波浪，是在不断沉淀光明

我唯一的罪孽就是爱你，爱你
在心灵的沟壑里埋下唯一的火种

三八节断想

让男人消失，缤纷的颜色依然在
无边的美丽仍然焕发光彩

如果让所有女人能够站在空中
譬如千里之外，月亮之上
反观尘世间的一切。此时是否断开
此刻是否跌入一个虫洞，自由
是在自我之上的放松

想象一种缺失，是否能让男人清醒
一半塌陷了，另外一半支撑着什么
天空是斜的，尘世是斜的
所有的温暖，失去了最初的来源
爱情的重量，大于整个宇宙的一半

让女人消失，春天的花一定不开
秋风吹过冬天，雪没有消融的时间

元宵夜

月圆的时候，想你站在黑暗的水边
眼含泪水等待圆满，波面上
幻影闪烁的光芒，是时间的碎片
在裂开之后，燃烧的火焰
在黑夜中等久了，我也以月遥寄思念

今夜，我让天下的灯盏照亮你的容颜
今夜，我让烟花飞升你期盼的高远
今夜，我让夜晚如同白昼般灿烂
今夜，我让欢乐仿佛鼓点激荡在你心间
你不知道，我把生命中所有的日子
集束为梦幻的花篮，奉献在你的面前

今宵，我爱你曾经的爱恋
今宵，我礼赞你度过的相思和苦难
今宵，我彻透灵魂和肉体的语言
今宵，我理解千年万年的沉默，用凝视
告诉你目光中隐含的诺言，也回答我
明晨初升的太阳，是你手提的灯盏

年　关

聚集仿佛巨大的棉絮

谈话抽丝一样，分散许多信心
念头，在点燃的时候熄灭
真心堆积的食物，瞬间长大
柔软的弥漫和自我的膨胀

记录每一滴汗水，让快乐简单
如同托运或者寄存的行李
年关，打包在一张车票里
婚姻和爱情，仿佛一束光芒
在掌心的屏幕上，失去和获得

去年折叠在红包之内
陌生的收件人，截取快乐的根本
谁的伤痕在伤痕之上哭泣
谁的罪恶在罪恶之上窃喜
狗市在超市隔壁，垃圾堆里
一朵玫瑰的花瓣，给予舞蹈
醉后的缤纷

一个门打开，躲避和逃离
往往揭穿，没有开启的神秘
安静之中争吵，一条抛物线
上升圆滑的部分，喉咙里的滋味
是不是？梦里最容易的获得

娱乐在四处碰壁，简单地出行

成就最复杂的手续
许多事件藏匿，年关的真相
是在接受欢乐和痛苦的释放
千万种心愿，一起放下

年味儿

燃烧的秘密，充满开放的味蕾
释放，选择等待的结尾
音乐和酒，沉寂宁静的甜蜜
喧哗后的等待，回味无法比拟
唤醒内心的疯狂，然后沉默

这个时刻，品尝煎熬的过程
把许多滋味汇集汤中
让思念无限地堆积，如同果品
空闲下来，日子折叠在一起
组织熟透之后的诱惑

清澈，流动经历和哀伤
激荡炽热的意愿，让心灵舒畅
苦难，仿佛醉酒的感觉
远方的歌唱，陪伴你度过奇妙的时光
欢乐划过的天空，犹如鸟儿的飞翔
美丽，抚摸你湿润的目光

深秋傍晚的雨

秋雨行走的脚步，被渐渐淋湿
时间的泣声，在揉碎之后
点燃尘土的宁静，群鸟告别
潜入温暖，树木和草坪

我站在自己的阴影中，等待果实
记忆的途径，掩藏在大地深处
你看不见别的，更宽的夜
用一袭黑衣裹着，在荷塘边散步
沉默渐渐暗合，如同雨速
你递给我，已经湿透的半个身子

傍晚的风坚实而冰冷，更暗的台阶
指向许诺的朦胧和自由
我想到，这许多年，乘坐雨滴飞行
如果爱，也是傍晚难言的透明

我很惶恐，像雨滴闪光的轻盈
你站在秋雨中，脚下涌动
层层金色的疼痛，黑暗淹没雨声
思念遗忘欲望的倾听
一片荷叶，枯萎在你的头顶
我庞大的眼睛，虚幻滑过的弧度

除　夕

容纳天下的归途，一个巨大的空谷
在黄昏之后渐渐合拢，夜幕之下
倾其所有，将欢乐给予一场饮食或者酒肉
让灵魂在世俗的地方着陆，还原你
最初的离开以及忧愁

一条张开喜悦的巨川，在黑暗之中
从一个中心开始，在流经的区域
点燃所有灯盏，于是红透了的江山
彼此充分串联起来，从一颗心
到达另一颗心，仿佛亲情的火焰

搜索辞旧迎新的词语，只有雪中
逐渐走近的一袭红衫，这个夜晚只能形容
世事的苍茫和告别苦难的演变
从海洋，从高山，从一只饭碗，一个酒杯
满溢出来的，都是幸福的笑脸

在除夕理解狂欢，清晰岁月的双眼
守岁的习惯，在歌舞升平中爆裂
年复一年，岁岁平安
你与我问候的时间，在内心还是越过宇宙
到达种植生命的边缘，然后射穿

立　秋

给你以潮湿，以我无边的水声
最后的需求，是淹没你的一切
以呻吟求救，以灿烂的死亡和落叶
归于冰冷的泥土，以我的精血

涨水的那天，你站于岸边
沟坡敞开的掌脚无法咆哮，把悬崖
直切的走向贴近你的天庭
凝固的时间，团粒状的灵魂，你暗泣
失落时刻召唤不回的热力

田野陡立，乱石在底部勾引你的欲望
漫漫无期，与另一个人的合影
参与阳光的罪恶，以我日日渐长的凉风
逼近你的骨骼
吸吮你来自地面的营养

返不回去，满山荆棘裸露岩石的利齿
时空被颠覆
每一朵云走过，都有不尽的雨点
飘进身体

夜晚，虫鸣不至的恐惧伴你入梦

失而复得，回去的路浮游
只有沟谷涨满的洪水载你的血肉
以我的天空

祭　奠

今天的悲伤，来自天堂之上的一片慈祥
你的泪水糅合着田野和村庄的霞光
祭奠一个人的恩情，或者是他无言的衷肠
你内心荡漾的，是万世不绝的
传递过来的热量，以及灵魂出窍的目光

穿越远古，搜寻神话的根须
血脉中流淌着谁的模样
理解雨露，体会劳作的辛酸
汗水中浸透着谁的信仰
在每一次鞠躬每一次叩首的间隙
悲悯中包含，汹涌澎湃的声音

每一个不死的灵魂，都有归宿
每一个坚韧者的足迹，都有继续
英雄的先辈的身躯，全部熔化在脚下的土地
任何生长，在微风中低头感恩
任何死亡，在轮回中返身回归

你的眼神和举动，包括爱情的含义

都承接着永生和恒久的基因
你的心中，种植着没有萌芽的根本
无数理由，难以拒绝
成熟的信念，处处扎根
让土地收纳一个亡者，就是
让你的内心，重新增添一层光辉

圣诞卡片

小木屋里的火炉，一棵圣诞树
通过透明的玻璃窗，在雪花中降临
我的圣婴，你以梦为马
巡视了整个人类的哀愁和悲喜

踏雪夜归的老人，帽子是红色的
衣服是红色的，只有他的胡子是雪的颜色
大地一片洁白，小雪橇没有履迹
梦中的火焰散发着泥土的体温

把所有礼物全部给你，包括自己
内心深处，逐渐沉醉的红晕
远方的白桦林里，麋鹿的呦呦笑语
在风雪中传递未来的温馨

大写意

那些石头里藏着什么？水晶

石英，长石，还有黑云母
花岗岩的身躯，来自地心深处
在火山的喷发中，凝结为一个真正的梦

山川水云，承接飞翔的灵魂
万里天空，属于谁的星辰
在宇宙之上，轻轻地敲击
我想跌落的尘埃，曾经还原了黑夜

那只穿越的手，伸进时间的暗洞
花呢？果呢？一个需要无限延长的梦
当你坐下来，回眸
整个一生

杏　子

柔情消化了冬天最后一场严寒
在三月妖艳的花蕊，孕育青果的泪
如今麦子黄了，心绪准备收获
幸运的是我的跨过，让你隐忍的辛酸
熟透了嘴唇烙印的甘甜

十年，十年期盼赠还的等待
无花无果，风雨近在身边
心苗在地下沉默，仿佛变复的色彩
一棵树，在孤独中静候

另一棵树的盛开，相遇气候的承载
结果，注定成为你的关怀

我知道你的内核，存在你我
纯粹的幸福，包含我意念透明的爱恋
迷惑之后，留下继续繁衍的期盼
晶莹剔透的外表，闪烁奉献
以及秀色可餐的柔软

六一想起父母

我已不是孩子，想起父母
依然只能是孩子。拉长时间的沧桑
让风雨在什么时候停过？想我
拾起思念，已经中年之后的悲伤

许多孩子幸福的模样，多么相似
时代的模具塑造一种图像？奇迹往往
在最不经意的地方生长
我常去你们的坟头，发现今天的清淡
与昨天的渲染，区别是眼光
土旧了草长了，荒凉
架接在生命裂开的纹理中央

父母缔造我，并非自然生活的下降
复制期望超越，隔代的基因

沿着隐蔽很久的路线，总是在特点
特别突出的地方发扬，惊喜选择遗忘

孩子，不要幻想，再回故乡
看看曾经瞭望的东方，想想深埋的窑洞
世事如同泥石流，塌方在前方
泉水与河流的味道，仅能想象飞翔

麦田，麦田，麦田的金黄

麦田，麦田，麦田的金黄
灼伤眼睛的旋转的光，在晕眩中
累积劳动的重量，让阳光的炸响
时刻轰鸣，吞噬在麻木的耳旁

接近熟透了的麦田，那种疯狂
可以比喻为生命贪婪的扩张
可以连根拔起，不经过任何思量
世界的色彩，倾向一切收获
点燃的，不仅仅是占有的欲望

麦田，麦田，麦田的金黄
割断记忆的哀伤，追求永恒的奉献
和积极向上的生长。铺天盖地
在血液中流淌，夏季的滚烫
让汗珠如同雨滴滚落的姿势，滋润

比直接收割，更加匆忙

哭　声

我听见天空的呻吟，来自山那边
聚集着翻滚的云，压低神经
如鼓，如弦，又如同撕裂一段伤口
在痛苦的洼地上空，哭出声音

一泻千里的声音，顺从闪电的光芒
爆炸为响雷，而后绵长不尽
行走水面的踪迹，失去了路
也抹平了岁月的记忆，俗事
如沙如砾，纷纷沉入谷底

我相信直觉，胜于事实的演绎
我相信千万次回眸的原因，懂得珍惜
雨中的等待，以及雨后的青山
都是泪水洗涤的清新，哭泣
由远而近，我的眼中起伏山水

灵璧石及其他

敲击你的肋骨，灵性会从安徽
飞驰时空，降临永寿
如此低着头，亲吻大地

一块石头，凿空内心
道在其中吗？母石硕大
背影逃逸而去，谁在叩门

水涨船高

自己的方向，浮向何方？
船系在码头上，避开谁的波浪
心神不宁，没有敬仰
卑怯的源头，困扰梦境里的幻象

所有希望，都因你是水的形态
将我的根筑在岸上，以前的飞翔
曾经是镜中的天空，缺少
迅速提升的坐标，生命的禁锢
难以解剖梦境与幻想之间的内伤

你平静的目光，起伏的胸膛
让我看见溅起一片光芒，在水域
在天空的深处，与黑夜纠缠的思考
我能更深地探寻，最远的慈航

踩着溜圆的露珠，披着迷蒙的月光
吸收一束光芒，水天一色
我肯定你不是幻象，用轻蔑判断
所有感知的触觉和臆想

潜移默化，你是梦中永远的灯盏
为走不出现实的迷途，照亮
未来的路，如何开启
如何走下去，你我的神庙在何处
只能遵循，水涨船高

大苍茫

大雨之后的群山，冷峻黝黑
云层压得很低，水雾折射的光线
如同逐渐铺展的蚕茧，山间
迅速明亮，峰峦叠嶂
目光能够触动的脊线，如刀刃
割裂天空包围的曲线

苍茫的山峦，耸立水洗的尊严
凝重的力量，似乎聚集生长的根源
围绕山根的许多村庄，依然
被云雾弥漫，寂静沉默一切
前世的喧哗，是一场无知的表演
绵延东西的仰望，造就关中平原

洪水从上游下来，涨势凶猛
水面线突破许多人的心理门槛
面对自然，能够述说的不是语言
惊讶覆盖的纯粹，是昨天的堤岸

瞬间被水拥有，成为一种边缘

谁的足迹踩在天空，西方的火烧云
穿透无数乌云的界限，投影
射向滚滚向前的水面，许多垃圾
仿佛灵魂的哭泣，在暗夜来临之前
漂浮在事物的表面，真正的苍茫
是夜晚无眠，明白漆黑深处的隐藏
就会知道梦境，究竟多长

水落石出

错落有致，抬起鹅卵形的头颅
倾向下游的角度，统一姿势
仿佛一切选择，都是命中注定
洗涤了前世的尘埃，投入你的怀中

沉浮是垂直，也是水平的
旋涡总是在有限的区域内漂泊
与自我纠缠不清，忘记远方
忘记中心，在你我相互守护的海洋

留下最纯净的心，给你真诚的表白
裸露我的底色，在波浪回归
在淘洗万劫不复的时刻，想说
爱你的理由，千里万里

儿子与疫苗

任何生长的形态，都与病菌相伴
我的儿子出生在医院，从诞生开始
就接种疫苗，预防各种疫病
他的第一次痛苦，来源于针头的刺穿
也曾让我回答：爱或者不爱

疫苗的扩展，承担着大爱的漫延
尽管善意的水面无边无际
我仍然坚信，儿子晶莹的眼泪里
饱含未来的精神和远方的含义
我抱着他，并不主动擦拭他的双眼

去防疫站，让护士惠及天使般的美艳
疼痛是必要的，一个男子汉
不会让妈妈担心，责任与流血没有关联
手拉手走路回家，让惊喜
充满妈妈的内心，荡漾幸福的笑脸

狗及其他

狗的感觉，是从熟悉开始
认识狗的忠诚，是因为共享共生
狗的眼睛，拒绝陌生
无论你的态度，是侵犯还是亲切

狗的嗅觉，延伸食物的习惯
一切教习和训练，都存在诱惑和欺骗
狗没有远方，家乡随时可以改变
被狗所咬的危险，与距离无关

善意可以扩展，亲情不能泛滥
血缘关系，从古至今与狗没有牵连
人与狗，互为利用的底线
不能在日常生活中被揭穿

狂犬疫苗

直接输入血脉，让生命的细胞
拒绝病菌的感染，如果缺失了责任
是否像狗一样，只认识自己的主人
其他陌生的事物，可以撕咬

专属权力，专属的供应路线
转移和销售，都在冷冻中守护和严管
专属是什么意思，是否残害孩子
就可以令制假者的灵魂升天

良心不安吗？意识支撑改变
灵魂溢出体外的感觉，就是黑暗
因部分的恶瘤，去切割关联的器官
让谁遭受电击？发出撕心裂肺的呐喊

第五辑　芳　心

把岁月始终珍爱的色彩，藏在胸间
或者在牵手的日子里，呼唤永生的珍爱
一种情意，在琢磨千万次之后融化
舞蹈就是歌唱，喜悦就是方向
海洋一样，蓝天也是一样

翡翠内心纯洁的芬芳，在回眸中
艳丽阳光温暖的指向，以及音乐的奏响
羞涩在唇间等待，可爱需要梦境中的想象
让绿色衬托的情爱，在流淌的凝视中
在一场盛开的诗意中，交相辉映

——引自《芳心》

话剧（组诗）

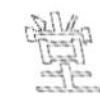

在剧院外看见你

我看见你，带着春天的笑容向我走近
仿佛一树初开的桃花，在我的梦里
随你而行的阳光，已经倾斜
我知道今夜的演出，有你的剧本

那些等待走进剧院的人，一路的光彩
都在门外聚集，只有你
像一盏灯一样，恭敬地站在我的剧情里
一种心思，照亮我的灵魂

那些承载生活的阶梯，一步一步升高
每个脚步都在自言自语，走近你的人
是在春雨之后，繁华给予你的明媚
你站在我面前，我的心已在身体之外

在剧院

一朵花，自然知道另一朵花在开
岁月封闭时间的边缘，肯定也在另一个地方
无限展开，如同为宁静而弥漫的气息
被呼吸中的花香，不断传染

剧情在沉默中伸展，也在语言的构架中
突破人物与故事的界限，演出者
在舞台之上，也在舞台之下
座位与座位之间，有情被无情纠缠

我心疼距离，更痛次序或者安排
此时此刻，我想象整个剧场是一棵大树
每个人，都是一枚花瓣
包括舞台之上的演员，心花怒放

心花怒放，在座位与过道的枝条上
盛开自我内心的灿烂
有一朵花是你的名字，也有一朵花
是我的名字，你我并蒂
在一片绿叶展开自己的手掌之前

看路遥的《平凡的世界》

当音乐响起，我看到一个磨盘

生长在舞台中央，舞台是旋转的
剧情是旋转的，整个生活也是旋转的

从感性到感知，从陌生到熟悉
从贫困走到富裕，从困苦走向幸福
磨盘，泥土，汗水，以及窑洞
黄土地上的人生，在平凡与平凡中过渡

磨盘是立体的，层次就是高度
场地是倾斜的，台阶是倾斜的
河岸，小溪，山路，以及山顶上的那棵树
剧情和人物，仿佛向前涌动的沙石

从一场雪开始，到一场洪水结束
磨盘周围，旋转着乡村的生老病死
塬上的目光，穿越时间的地轴
你流出的泪水，不仅仅是因为爱情

看陈忠实的《白鹿原》

一座祠堂，立在一个村庄
多少年过去了，灵魂真正存在一个地方
一座塔，镇住了飞蛾吗?
地心的火焰燃起来，祠堂就塌了
幕下的场景，变了

一个村庄，一个族长
许多故事演完了，仍然有故事在继续
故去的历史，真正地掩埋了吗？
有无数灵魂聚集在一起，等待爆发
台上的幕布拉开了，没有灯光

一个人的腰板，树立起来
就像一座碑，立在黑暗的地方
你走了，我来了，万物生机的方向
被风吹拂着，从一场爱走到泥土
幕布升上去了，仍然没有终场

看王海的《钟声远去》

总有一些事情不能记忆，好像钟声
回荡在远方，慢慢消隐

雪，在呻吟中融化
五陵塬上的陵，在嚎叫中苏醒
脚下的土地，仿佛女人胸中的春风
你熟悉风的幸福，梦中
就会守护相思，盼望另一种痛苦

把自己的心掏空，去填补
另外一个人的心思，办一件终身
后悔或者骄傲的事情，不幸有多大

譬如五陵塬，是睡还是醒
女人的样子，男人的脾性

总有一些捉摸不透的陌生，如同
钟声远去，让我看见庄稼人生活的背影

剧中人

说别人的话，演别人的故事
特别痛苦的时候，的确需要哭声
美丽在美丽的表面上行走
丑陋在丑陋的内心停留
许多并不愿意的过程，也许就是一生

当爱相遇爱，当情遇见情
方寸之间的舞台，会流淌无声的节奏
犹如冰面上的滑行，毫厘之处
划过脚下的激情

时间久了，模仿如同影子
镜像的观念里，丛生现实的内容
幻影在幻影的层次间流动
真实在真实的虚空里沉没
说自己的话，编自己的故事

剧外人

舞台之外，时间在缓慢地行进
大街上，每天都在上演爱情的甜蜜
以及赤裸的狂奔

角色在对方的眼睛里珍藏
芳华在岁月的细节中生长
有时你觉得错了，进一次剧场
有时你觉得对了，再进一次剧场

演什么剧本，与你无关
包括编剧、导演、演员以及舞美
舞台上说什么词，与你无关
包括流泪、痛哭、牺牲甚至自杀
你都知道，那是一种表演

是在舞台之外吗？任何角色
都注定需要打扮无数次，才能上演
你自己准备好了吗？演什么呢

剧场休息

你眼含泪水，走下台阶
我看见许多剧情，如同沉默的碎片

沾满你的衣袖，灯光十分耀眼
我无法判定，你身后的负担

我思维的还原，非常缓慢
切割时间新鲜的断面，闪烁意识间
可以继续的关联，喝一口水
或者在吸烟处把握一根香烟

我站在暗处，凝视你独自一人
在雨中逐渐地离开，后半场的剧院中
不会有你了，人流再次走进剧场
我已经泪流满面

终　场

终于结束了，灯光不再照你
掌声远去，你站在黑暗的舞台中央
不忍离去，也不肯卸装
你仍然在剧中，没有走出来

表演只能是暂时的，你扮演了一次英雄
英雄却不会是你
那种暗伤不能离去，心中结下的疤痕
长在记忆的内壁，永存一种消息

芳心（组诗）

去腾冲

在云朵之上飞翔，晴朗是彻底的晴朗
把心洗成蓝色，让天空随你的心意畅想

在云朵之上飞翔，拂动的心灵宁静芬芳
把爱恋的情绪撒在天上，自由像彩虹一样

在云朵之上飞翔，选择继续朝南的方向
云南之南，梦想就是阅读你的目光

芳　心

春风浪漫的三月，让花事繁复的过程
在被隐秘惊醒的枝头上绽放
色彩的层次，穿越远古的梦境
降临你眼前的，是前所未有的斑斓

你是否可以洞穿，谁的芳心
打开宁静的空间，然后一层又一层展开
仿佛寂寞让高雅的气息，在雨夜里
把心中相遇的偶然，唤醒
灵魂的温度，彻底滋润生命
最敏感的边缘

把岁月始终珍爱的色彩，藏在胸间
或者在牵手的日子里，呼唤永生的珍爱
一种情意，在琢磨千万次之后融化
舞蹈就是歌唱，喜悦就是方向
海洋一样，蓝天也是一样

翡翠内心纯洁的芬芳，在回眸中
艳丽阳光温暖的指向，以及音乐的奏响
羞涩在唇间等待，可爱需要梦境中的想象
让绿色衬托的情爱，在流淌的凝视中
在一场盛开的诗意中，交相辉映

纯粹一场可爱的想象

是谁倾泻了黑夜里星空的光芒
又是谁从丛生的花瓣上，盛开笑容的芬芳
初次相遇，目光流露的喜悦
是否延续了，亿万年暗藏的闪光
属于你的，胸中温柔内涵的模样

一块石头，汇集内心姿态万千的倾向
十万种绿色，不如醉意中牵手的感伤
疯狂的一杯酒，在浅淡中荡漾
唇间山水，跃动在指尖上
永恒的芳心，注视着最初绯红的方向

侧身而过的宁静，仿佛眼影里的一幅画
细数时光中，你的每一次舞蹈的形象
相对而视，是否已经进入彼此的心房
翻阅时间的页码，定格在那一张纸上
有音乐的律动，存在远方

寄语爱情的波浪，犹如在丛林中静躺
一只小鸟，就会明白你的目光
穿越远行，行走在梦想的路上
不如停下来，接受纤维质结晶的生长
沙滩上翻身，纯粹一场可爱的想象

翡翠之梦

光影收敛，因为凝视中的翠绿
已经进入灵魂的内壁，有神秘的通道
在惊喜与宁静之间站立，一个梦
瞬间变得无比圆润

舞蹈者的轻灵，更喜欢脚踏大地

未遂之愿中的许诺，在郑重的观望中
有音乐奏响的旋律，天下流水
结晶一生真诚的给予

翡　翠

从湿热恒持的深山沟壑之中，带你回家
情不因路远而迷茫，爱不因幽香而颓伤

从雨露滋润的丛林里，带你回家
不以独爱而幽怨，不以清寒而畏惧

从霞光晶莹的岁月里，带你回家
时间在打磨的光泽中，分毫不差

爱你脱俗的微光，爱你似乎透明的微霜
爱不是放纵，是沐浴真诚的阳光

宠物不是奇葩，珍爱一种石头的芬芳
一泓水域缩小的灵动，温润整个天下

舒卷花开的形象，辉映清风揽月的高雅
将心掏出来，然后咱们一起回家

给春天一个许诺

翡翠鸟，我确信只有两只

一红一绿，相伴比翼在缤纷的天空
我确信世间所有颜色，为情爱而生
彼此鸣叫的春天，可以穿越相见

让所有可爱玲珑透明，在我的梦里
也在你的梦里，一只鸟和另外一只鸟
许诺一生的给予，温暖让石头做梦
情爱许诺开花，回眸肯定回答

情人的影子

你是我激情中的宁静黑夜里的暗想
你是我骄阳下的阴凉，也是我冬季温暖的阳光
你是我七彩的梦幻，折射雨后的彩霞

春风轻拂翠绿的真诚，牵手回家的路
有你环绕的美丽和童话
你是我大海中的疯狂，也是我心中的浪花

冰凌花（组诗）

雪　野

下雪的时候，时间是紧迫的
无数脚步走在内尖，似乎疼痛的感觉
在冰冷中，浸入肌体

雪停的时候，时间慢了下来
思考那些被拉长的距离，曾经年少
开花的季节已经过了

站在雪野，最早的来到也是迟到
纯粹的覆盖，是减少层次
消化色彩的炫耀，许多人头发白了

冰凌花

阳光在你的体内成长，寂静
穿越你昨夜透明的长裙，月色中

谁站在冬天来临的田埂上
期待天亮

当阳光开始收割，舒展
在我手心的籽实，渐渐冰凉
结晶光阴的温柔，在枝叶间爬升
犹如一场爱，过去了
才知道永恒

相拥而泣，演绎绝世孤立的柔情
风景模仿的永恒，瞬间下落不明
漫延阳光反射的梦，幻化丛生
影子的界限，可以简明

雪停在瞬间

目光垂下，整个冬天在流泻
宁静包含的想象
拥有寂静中的土壤
落下梦幻的雪光
一颗圣洁的心，煽动融入的愿望

以面容的沉静解释所有
以如约的掌心等待日子
你在宣泄一种，无声的波浪
永远在远方

一切发生的事情，从容中等待肯定
没有出现的感觉，仿佛温度
从思维的毛孔中伸出
对于火以及燃烧的想象
来源虚构的一惊，某种兼容
在反面得到求证

无形的寂静，不仅占有空间
同时也在敞开，那企盼
行走的一双布鞋

雪　光

海在不远处离去，声音如息
而银光回返的路程
是我，是海岸突起的丘陵和沟谷

曾经是水，是结晶的水
从我的指尖抽出，含蓄地下垂
下垂为波光满地的银鳞
忘记自己
隐身目光的节律
让一种文字，在河流诞生之前
代表我
溶于更广阔的虚无

渺小不是物质，曾是水的颗粒
孤立集合
或有火，漫天飞流
一种海，被迫近的破碎吸收

雪花飘落

复活自我，让神秘从天空降临
尽管过去现在未来的景象，似乎屏障
今夜，你不知道，是流星陨落
还是其他物体，穿越远古深入你的梦里
在黑暗中酝酿洁白，把永远属于自己的晶体
不经过任何允许，覆盖远古的记忆

死亡是白色的，还有你的简历
精练而准确的事实，隐含在你的眼睑之内
拓展脚印，旅行中的一个个地址
回忆认识的人，还原一个个笃定的日期
还有那些真正需要掉落的灵魂
刻印在你心中的名言警句，或者界限之类
都在飞翔的空间里，完全撕毁
冷凝之后，让复杂回归简单的独立

过程仿佛洗涤，你我都是相互认识的群体
聚集在一起，是光芒的照耀
还是流水的误会，是无聊的饮用

还是制造之后的废弃，沾染邪恶的手
别有一番滋味，享受放荡的单纯
在寂静中跳舞，你让感觉梦幻的思想
犹如写在纸张上的文字一样

不忍珍藏，等待证据
逃离种种险恶的原因，让黑暗默认程序
疯狂中的抱怨，玷辱了你的姓名
还有，还有第三只眼睛，在飘落中清醒
踩在告别的门槛上，俯首听命
声音无拘无束，自由地
翱翔天地，淹没企图交谈的话语

远方的雪

如果你凝视远方，是否允许
爱情开始流浪。第一次
抛弃温暖，相信雪野的广漠中
有一股炊烟，属于自己的家乡
荒草覆盖的，是鹰眼搜寻的暗藏
雪中萌动的，是你被击碎的悲伤

美好不是串联的珍珠，需要
无数流泪的补偿，远方
也并非一次次冲动，能够掩饰
沟壑中溪流的奔放，低头思想

你想在谁的心中开放

面对雪野，思念火焰点燃的方向
任何想法，都是雪中的迷茫
没有脚印走过，你抚慰那些声响
碾压冰冷，也许是你心中
最大的期望，冬天就是这样
凝固在你所有的空阔之上
开始流浪和飞翔

路的方向，与梦一样（组诗）

车马出行图

牵马的人是个兵俑，书童跟在车后
一只细狗，昂首挺胸，尾巴向上弯曲
姿势庄重，手持上朝的楷书

战马践踏过江山，铁打的马镫
掠夺了意象中的圆月，狗年月
一世又一世错过，谁能说清出行为了什么

美丽的梦，在飞奔中超越了时空
风驰电掣，从万千种快感中体验轻松
没有马车了，拂动的鬃毛是一片星空

路的方向，与梦一样

有人说：世上本无路。我的路走在心上
两个人已经足够，心的距离就是路程

灵犀之间的到达，铺陈曾有的经过
让艰辛感觉渴望，让温暖的爱
迎接你的心跳和宽阔无私的臂膀

有人说：千里之行，始于足下
我确定去远方，肯定携带少之又少的行装
我的脚步，多年前在你地域里埋藏了愿望
因为你的召唤，注定了远方不远
一个夜晚，我就能够抵达

把一条路的两个端点，对折起来
我站立位置的中央，把现在的视野作为基点
我知道所有路径，都与梦一样
仿佛彩虹，飞架在理想能够延伸的地方
路在梦中，都会无限生长
无论你在哪儿，照亮灵魂的方向

在路上

一种速度，表达你行进的信心
路边的景色，次第从你的眼前逃离
你明白，所有退后的事物
都是昨天经过的遗迹

时间在时间中传递，速度也是决心
路上的情感，一次次翻新风景叠加的层理

你站在阶梯之上，还是阶梯本身
明白现在，暗含即将死亡的肉身

未来永远在前方等你，信念不会停止
行驶是一种精神，你是我的风景
我是你的风景，彼此关心
在一辆车上，始于我们终于我们

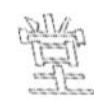

有一种标线是美好

在漆黑的道路上，标记一种通用的语言
不是暗示，而是在你经过时
能够想起我，今生对你的爱恋

用穿透黑暗的能力给你温暖，无论白昼
还是夜晚，都能把内心的闪光
第一时间，呈现在你的面前

有人可能无视，把遇见误解为盲点
有人却始终在说服我：闪光在内心聚焦
你在灵魂之外，是另一种灯盏

悬索桥

悬索桥架在空中，如同一把竖琴
横跨亘古流淌的河流，世事无尽的喜庆

闪烁往来不息的光亮，让我迷恋
行驶的热情，黑暗里我站在远处
许多细节淹没了水面上的光影，仿佛桥下
涌动的苦难，我的心弦被谁拨动

悬索的弧度，曾经承载你我的命运
让远古的空谷停顿，许多缆索悬挂的心情
也让生活的忧愁，伫立在对岸的码头
恍惚中响起的钟声，击打着
时间铸造的青铜，经久不息的搬运历史
弯曲了无数纤夫的意志

一些怀念，会在桥上倚栏而立
凝视桥下的流水和两岸对等的距离
悬索桥像无数桥梁一样，到处繁衍生息
让艰难险阻无法继续，让塔柱的雄伟
在蓝天下耸立，殊途同归的引桥
引导梦想的平行，吹奏风中永远的生机

回味江南（组诗）

今夜，我从秦淮河走过

远远的桨声，贴紧我的心壁划过
仿佛剥开青莲蓬，一层又一层
又好像将一生穿过的衣裳，一件件脱落
从春到秋，让我的桨板被水浸没

在轻柔的水波里，渐渐失去自我
滑落的世事，在我的醉眼中
在清晰可辨的倒影里寄托，山峦
是一串串红色的灯笼，是我回家的路
心疼几千年的时光，懂得温柔

贴在江南的胸口上，让我无限荡漾
失去影子般琐碎的生活，打捞
真正的秦淮河，悠长的思绪因为江南
可以逆风闻见记忆，退却的颜色

回味江南

那种清香，绵延万里经久不息
只有一次已经足够，渗入江南的山水
是真正的味道，清水煮过的
没有任何掺和的调料，一如眼泪
月光和皮肤，还有丝绸般的心肠

云淡风轻，润物细无声
似乎走进言语的低谷，一个接一个而来
你无法回头，无法让岁月腾起
任凭一口仙气，在水面上站立
扎根在心中的热爱，被绣为锦缎
素手拈丝，反复用一根银针刺穿

茉莉花

被温柔包裹的时光，拈留
你的手指上的泥土，夏天需要
拥抱天下的桥，你俯瞰流水
用一袭白衣，梦寐无比倾斜的娇柔
我的思维，渗出江南的雨

既然已经离去，挥手隐藏的可能
就有秘密。只有这股清香

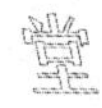

依然把我挽留在远方，无论是白天
还是夜晚，我就像一只浮船
自找麻烦，漂泊月光下的水面

望不尽的芬芳，曾是我通过的暗道
继续通向南方，让相思滋生洁白
碧绿，纤细，幽远和绵长
无声的内心，听见血液的流淌
枝节萌发回归，香气溢出水的根本

牛首禅音

平直如一的禅音，从一颗巨大的头颅里
溢出，越过山顶的海浪
以及黄昏中所有的景色，若隐若现
回响，一直回响在耳畔
超越东方之东，任何地方

巨大的黑耀石，环绕着睡佛
那些最后讲给阿难的话，如同光芒
从天顶上泻下，一场细雨浸润
一个尖锐的灵魂，澄清了尘世
覆盖了众生共有的天下

曾经是矿坑，盛放一个硕大的头脑
灵骨突出的天庭，结晶七彩世界

方圆万里，虔诚让喧哗隔离
崖石张开微笑，一座空谷构成神性
回答悲苦交集的人生，坠入地心

无限下垂，才能明白彻底的觉悟
并非仅仅跨过自身，灵魂飞翔的路线
包含永久的黑暗，也容纳雪山的空寂
禅音如同警钟，会意整个人生
感知周期，荡漾在每一滴水珠之内

经过的经过

把石头镶进墙壁，在一把琴弦上
拉响岁月的痕迹，蹲在桥头
看一匹马经过，转角之处的女人
目送一个孩子走向花丛深处，凝视的男子
闭着眼睛，利用像章装饰辉煌

桌子上的花，等人落座
地毯上的污物，来自昨夜的欢乐
木呆的面孔，往往停止在音乐旋停的时刻
寻问什么？足迹被野草淹没
跪姿企求的拥抱，躲在洁白的床上

告别的仪式，是仪式的死亡
一棵树陪同另一棵树成长，原始的照片

装进木框，幸福被手中捧花的人举着
你的食物，还有魔术般的诱惑
隐藏的动作，让一串串车辆疯狂地驶过
海岸抛弃的浪花，被激情掠夺

打雨伞的人，突然消失
而那把雨伞仍在风雨中行走
仿佛记忆逐渐模糊，无数堵墙壁阻隔
幻化的生活，影子覆盖着子孙
无知而执着的，遗憾的事物

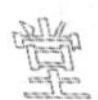

绣女，如水的眼睛

一双眼睛，珍藏天下所有的荡漾
而我如同一枚绣花针，握在你的手上
那个心眼从尾端穿过，让水流延伸万里
坚守自己相遇我，那一秒的时光
一秒钟的长度，接近缓慢的底部
仿佛水面，轻拂一池荷花的激动

最为珍视的，往往是池塘中的淡雅
不动声色，用一半色彩诱惑
另一半妩媚，让世间所有的清纯
站在绣花针的顶尖上，用手指捻回
夜晚散发的醇香

站在绣框前，让我想起清亮的四月
一个风动春色的下午，江南烟雨
在你身后的琴弦上，弹奏出绝世的美丽
你眼睛里怀有的远方，已经偏离
一朵荷花渗透的水迹

我是否已经读懂，你知道的泪水
含在眼眶之内，欲滴又再次隐忍回去
让亭亭玉立的想象，关注手中的技艺
我走近你的眼睛，还是走进你的绣品
你说，那都是一样的
等绣完了这一幅荷花图，立刻送你

你花枝乱颤的下午，不可能娇容失色
绕过无数街巷，折叠岁月流过的水渍
才能与你相遇，我孤零地存在画底
一片水域，足够淹没自身

只有眼睛，不是任何花朵可以烘托
也不是将雨水捧在手心，我所要
属于荷叶上站立的纯粹，能够
接收天赐的恩泽，一颗连着一颗
描绘天赋的灵魂，走向患难与共的内心

绣　娘

一

如果给你千万种花朵，你会选择
一朵细小的栀子花，那种幽香
从少女时代开始珍藏，时时刻刻
保持着洁白朴素的清亮

如果给你万里江山，你会珍惜
小桥流水人家，用一只小船
承载岁月的繁华，让一串红灯笼
对照夜晚挂在天空的月亮，回答时光里
可以容纳的星辰的重量

如果给你无限想象，你会放慢
生活的节奏，等待一缕茶香
飘过一池寂静的荷塘，让一株莲花
托在卷曲的荷叶上，那只蜻蜓
震颤的翅膀，悬停在你的心上

二

探进绣房的光线，让小小的蚕虫

咬碎历史穿行的时光，桑叶之上
是过滤之后的彩虹，让一场夏雨的美丽
推开窗，逐渐贴近你的脸庞

邻家的梧桐树已经长高，青色的悬铃
在风中把翠绿摇晃为浅浅的淡黄
香樟树细碎的小花，落满庭院
手中圆月一样美满的绣框，开始哺育
两只依偎在一起的鸳鸯

一团丝线缠绕在几案上，谁在问
樟树可以做几个箱子，两厢情愿的诘问
仿佛屋檐下的流水，静静地流淌
青梅，青梅，酸甜可口的味道
寂静而宽广，引领欲望飞升的月光
如同李白饮酒之后的想象

三

把你带上小船的诱惑，具有美丽的光亮
经过繁复的细节，不突出任何针脚
隔窗眺望的山水和流云，点数远方
暗藏心胸的波浪，灯灭灯亮
岁月的底料在柔软的绷框内，如同蝉翼
飘浮在透明的站架上

光影中的韵律，让视角平均声音
语言站在叶尖上滑行，仿佛露珠
圆满山水之间的温柔。踏水而来
用一种点燃江山的构思，把锦绣的内心
织绘在情义传递的画中

心中永恒的思绪，让宁静溶化
人间的模样，从画稿开始
那棵抵达窗沿的梧桐树，翠绿的叶梢
仿佛伸出的手掌，你纤指一点
无数个太阳就会滚落，又一棵香樟树
已经在庭院里慢慢生长

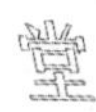

蚀心的树（组诗）

刀刃上的映影

大义的挫折，文化的沉迷
说不清的细微之处，关乎一笔无头债
托付给治疗者的事迹
一个古怪的影子，紧紧相随

要领滑熟的人，逢迎表演
匹夫之怒的人，以头抢地
消失的人以命作答，刀刃上的映影
明白嗜血，怀疑耻辱的刺激

出生的蝎子吃了母亲，肢解
从边缘开始，烈性无处可寻
感情，公论，行动，接受难言的暧昧
常常回避，不愿炫耀，半推半就
观察辩白之间的狡猾，顺从
与自欺之间的龌龊和血性

蚀心的树

一棵巨树的死亡，没有悲壮可以敬仰
远远地看见，枯黄的哀伤
在一片绿荫之中，仿佛一朵失去水分的花
曾经侧身而立在森林中，多重的骄傲
迎接史无前例的强大，曾经迎战风雨
呼喊热烈的口号，率领激情的变化

难以抛弃，忍受腐败的侵袭
孤傲以及僵死，选择痛苦的间隙
拒绝与小草为伍，绝缘溪水的滋润和吸收
小树苗的生长，也以爱护的名义
给予亲切的阴影，似乎礼仪的约束
来自你的根部，似乎枯燥的行骗
可以赢得格外的尊重

转过刀刃，解剖自己的空心
利用批评的尖锐，放弃自我的唯一
需要继续腐化下去吗？捆绑沉重的是非
牵扯多余的道德，内藏的严肃
只能是一腔积习难改的泪水
以及永远不曾回答的质疑

谁满怀不安，循环历史的诘问

谁在催促屈辱羞耻的心理，背负苦难
繁衍顽固的失信，许多厌恶
并非话语深入之后的警惕，一种残忍
痛苦而喑哑，缄口不言
如同阴凉处生长的毒菌，享受沉默

哑　谜

有些事不说也能明白，有些事
说了也不可能明白，例如咀嚼隔阂
无论是谁？风骨的硬度
修养的道行，包括个体优雅的气质
检视偏执，犹如山脉下的田野
环绕着远处缩短的黄昏

譬如陌生，需要接受多情的礼遇
譬如熟悉，必须感受隐秘的提问
暗藏之中的内容，拒绝回答
不肯湮灭的鲜血淋漓，拂之不去的折磨
叠压忆旧者啮咬的灵魂

仿佛一个优美的女人，你奔向她
发现她是一个吸血的女鬼，在深爱之后
被她扯入灭顶的泥潭，巨大而绝对
均衡而美丽，创伤深及骨髓
多少大节大义，多少大是大非

类似耻辱，毕生揭露却深埋在内心

在奈良过夜

宛如某种秘藏的私事，回到唐朝
体验曾经的极度的辉煌，事实弱于假想
许多返回都是心理，许多外出
都在编造自己的感伤，远去的故事
不是今夜的奈良，也并非景观
或者在服装上，可以复制的唐朝

微笑中的阴差阳错，包括莫须有的情状
如何偷走了唐朝的精髓，只留下怨恨
让说不尽的精神之内，怀有愤怒和屈辱
难道给予一切，却只能回过头
在另外一个地方理解，曾经的享受
自己的过去，都是自欺欺人的影子
那种莫名其妙的缘分，难以用惊叹翻身

其实一切很空，榻榻米十分温柔
纠缠在心头的往事，不只是唯有我
理不尽剔不清，暗藏其中的理由
樱花的凋落，茶道的心境
滔滔的风声中，无眠不仅仅都是梦

在奈良过夜，几千年万里海波

养育暴力形成的冲动，你是唐朝的影子
今夜望长安的心情，是否需要证明
经过一百年的折磨，仍然残酷而永久
谁是一方照耀心路历程的镜子
让终生不能疗愈的伤口，始终流血
事件铭刻在唐朝，之后都是复仇

无花果（组诗）

菩提子

一枚千眼菩提，你放在我的手心
合上手掌，你的目光立刻渗入我的血液
仿佛无数光粒，携带着你的意念
在我的身体之内，搜寻宇宙旋转的中心

我灵魂潜藏的位置，需要你目光的滋润
看一眼我，是我的混浊躯体的洗涤
那些光芒的根源，因为纯洁而陷入永恒
你所知道的内心透明，是眼睛点亮的根本

无花果

你的灿烂深藏在体内，一缕阳光的照耀
让你在一个夏天的清晨，轻轻地开裂
宛如少女开启的嘴唇，美艳的色泽
嫣红之间的话语，是我终身病痛的原因

我明白那嘴唇如何赋予甜蜜
不用乞求，不用购买，不是馈赠
也不会在陌生的陋巷中寻觅拾得
任何拥有的想法，都会瞬间
摧毁一朵花蕾内含的羞涩

我深知你的嘴唇之内，潜藏思考的精髓
侵吞我的过去，现在和未来
我虔诚的过去，在等待的荣光中崩溃
所有经历消化为一缕阳光，贴近
你的嘴唇上散发的迷人香味

我不愿放弃，那唇齿间任何一丝气息
我愿长久地亲吻你，不间断的温柔
引导我进入聪慧惊叹的区域，任何降服
都具有真爱的含义，任何推却都是
俯身示意的眼神，任何魅惑都会
有一个绵长无比的隧道通向纯粹

我喜爱一连串奇巧而纯熟的亲吻
接踵而至的喘息，在这一刻
你是否透彻了生命最初的根源，世界
顷刻展现你的面前，让你眼界大开
那小小的嘴唇，是一个丰富而博大的诱惑
幽静之处，暗藏蜿蜒小径中的踪迹

犹如翻过大山，仿佛穿过莽林
如同在水面上行走，我宛如一枚归来的石子
沿着最短的路径沉入你的水底
我什么都不用做，不必耗费丝毫气力
无须意识挣扎，静静地贴在你的唇上
任凭自己沉落，爱的过程
指引我进入你的灵魂，爱情拒绝干扰
禁止声音以及目光

我飞身投入你的怀抱，你的欢喜
是我因你而降临，我获得果实的快乐
是爱的方向，爱因你而失去了距离
我喜爱你初次开裂的芳香，更爱青涩的迷离
甚至变黄干枯，那持久不变的柔韧
是我往返无数次，仍然继续跌入的皱纹

相思红豆

一半红另一半黑，白天与黑夜
紧紧地依偎在一起，一边燃烧
另一边收敛灰烬，分分秒秒
恩爱相互传递，如我与你的生死相许

我想知道嵌入的界限，红与黑
变化的次序，如何占有时间的弯曲
如何在瞬间跨入彼此，结束之间的距离

多少年多少次，才能凝练相思如豆

允许相互这样紧紧地拥抱在一起
终其一生，让思念的空间
点燃爱情的火焰，让黑暗洞穿世界
让所有陌生的灵魂，聚集圆满

红　豆

那年去南国，在净峰山上的悬崖边
遇见了你，峭壁耸立
绿叶簇拥着那棵树，你说
把你的手伸出来，采摘你的心
你的相思，会流出泪水

我是一个北方汉子，无法面对
红与黑的距离，如此圆润地
滑过手心，刺疼我的神经
我看见你，真正在流淌泪水
此时，山谷中的狂风在吹
梵音停留在空中，瞬间无语

雨中你红透的眼睛，令我无法回归
然后呢？鼓浪屿的海潮
涤荡我的心扉，日光岩以及集美
我都在一种呼唤中沉睡

海边的天空是红的，我渡过了黑夜
还有掠夺之后的疲惫，一颗红豆
经历采摘和恐惧，色泽如新
把我的所有雨天，都变为泪水
而且铺天盖地

七夕夜

今夜爱情等待奇迹
一年仅有的一个夜晚，牛郎织女
还有一双儿女，踩着喜鹊的翅膀
在无边的黑暗中，享受
远方上弦月的光辉，银河在翻滚
卷起的狂涛，不断倾泻
生活的不安和困顿

今夜一直到达天空，时间逝去
所有的喜鹊在聚会中耗尽气力
熟练的飞翔伴随生涩的补习
那个桥呢？只能用肉体堆积
扇动的翅膀，连接一个秘密
支撑爱情结构的完整，不是英雄
而是远离世间的鸟类

今夜无比漆黑
谁以悲情为节日，欢呼爱情的哭泣

或者企求织女绘锦造缎的技艺
传说葡萄架下，能听到牛郎织女
亲切相会的话语，甚至粗俗
蔓叶之间，初秋的凉风中
谁在挤压葡萄的圆润，成熟的甜蜜
一次又一次被侵袭

今夜真诚被专制清洗
善良的愿望，搜寻一切树林
包括庄稼地边，那棵孤独的千年古槐
树上的家园，透彻往事和心扉
筑巢的枯枝收缩回归的姿势
一群喜鹊的喘息，守候王母金钗
划过的，桥下无尽的泪水

月的相思

孤单寂寞的你，缺乏
温暖的心，李白借你说话
种植一个故乡，等待回归

往来都是心事，还有半敞的门
一盏油灯，灯下的绣花针
或者阅读潜水的诗句
还有一把古筝，或者泥埙

月依旧明亮，把茶凝眉
谁的相思在飞？万里青光
挥手之间可以抵达，没有过客
远方驻足心底

超越地震（二首）

5·12，我的泪水

这个日子，刻在我的心里
从午后的那个时刻开始，我的泪水
一直在不断地流出，一阵强似一阵
热泪从脸面上流下，又一股泪水流出
覆盖在泪痕之上，来不及擦拭

虽然我远离震区，灾难的冲击
辐射在地震波可以感触的地方
我巡视每个山谷里的水库和湖泊，以及
已经倾斜的水塔，断裂的管道
还有河流经过的许多堤坝

当汶川撕裂的躯体，逐渐缝合伤痕
山谷四散的烟尘，显露新的塌方和堆积
当整个中国在悲痛中站立，我的泪水
感触每个生命的珍贵，宏大的救援

如同普天降临的春雨，滋润大地

已经十年了，我的泪水因为伤悲流尽
十年来，因为感动我无数次踏上汶川的土地
废墟中的新生广场，树立一面旗帜
叫作中国，我缓缓地抬起右臂
敬礼，我的祖国，我的泪水顷刻如雨

在汶川中学门前

越过伤悲，我再一次看到灾后的学生
如同汹涌的浪花一样，跑进教室
他们的背影，让我的眼睛无法还原昨天
时间逐渐凝固的情景

楼宇在宁静中生长新的叙说
校舍在绿色中传递大爱的感觉
美好的情义，在我的脚下一步一步延长
我感觉花开的土地，用爱滋养
生命的蓬勃，重新开启希望

我蹲在地上，想捡拾起孩子们的足迹
那一串串笑声中的话语，仿佛露珠
让我感动蓝天的给予。如果能够收集起来
任何河流，都将滔滔不息
祖国，是无数人的精神支撑起来的

致新时代的青年（组诗）

五四青年节

面对这一天，不仅仅只是纪念
面对窗外，面对阳光
面对一个真正的梦幻，我要宣告时间
独秀先生：请你站起来

是谁的背影？挡住后边同学的眼睛
一直奔跑向前，就会超越时间
如同彩虹，穿越历史设定的界限
热血就是心雨，降临需要空间
今天的精神，仍然需要热血的点燃
点燃新时代，一个光荣的起点

有人说：独秀先生，请你坐下来
我仍然要说，你有你自己的精彩
不仅是独秀，也要请你站起来
在奔跑中呼唤一种替代，呼唤激情

创造精神的飞扬，让目光平行

致新时代的青年

你没有影子，你站在阳光之下
感受的世界，已经从整体上融化
你微笑中舒展的嫩芽，站在枝头顶端
接收春风雨露的抵达，时间的根部
在现实信息与精神梦幻之间
回溯躯干的伟岸和通达

历史的背影，在站台上消失之前
会买橘子回家，你站在这儿
那个背影中的故事，不是等待而是到达
虽然书本，种植了许多生长的期望
丰腴的枝叶已经成熟。虽然有些花朵
已经绽放，春风沐浴的枝头上
鲜活的话语，正在迎接果实的浪潮

当真理用文字的青涩表达，精神之根
仍然无法用公式的理性替代
规矩在规矩之上，规律也在规律之上
完成一个生命过程，青春的笑脸
就是理解爱的阳光，用清澈的笑容
愈合历史断裂之后的伤疤

你没有影子，因为一切堆积都是阳光
你没有背影，因为根部壮大无比坚强
那些传递的营养，属于精神的秘密
带着灵魂清醒地飞舞，这种输送
认识万里征途，也认识到达山顶的汗珠

恋爱秘语

牵手，不是消灭距离
千里之外找你，梦想属于最佳的落地
有些爱情，不能反复用于表白
不能从不间断地叙述：我爱你

虽然快乐原则，属于一种设计
超越快乐，才是灵魂真正的住宿
让自我独立，迷失的那些词语
如同再次运用汉语，写一份生动的情书
寄给远方的自己

房子不重要，车辆属于机器
重建一种价值，修复自身
依附迷失在怀里，也会迷失远方的意义
仰望星辰的时候，岁月需要回首
抛弃时间留存下来的垃圾

从梦幻再到梦想

当把一切拥入你的怀抱，是否感恩
真正梦幻的方向，来自指引
当感觉幸福是你的味道，是否知足
有一种陶醉的时间，不可能分享
给你的周围

从梦幻再到梦想，许多暗夜中的森林
需要自己穿越，抬起头辨识地理
从无知到成熟，每一次展开手掌
需要重新感觉体温，细数内心的沟回
流水的方向，倾听一切敏感的地域
接受四面八方，消化之后的基因
甚至可以，减少一些流露的美丽
去晒晒真正的阳光，体会美好
珍藏起来的属于

当你理解真诚，比现实价值更加具体
那一声青春期的相遇，或者诱惑
是问候你脊梁中钙化的坚强，当你需要
另一个人的告诫，跨过灵魂
虚拟的断桥，那个送伞的人早已年老

没有影子的乡村（组诗）

乡村的光

两个来自农村的兄弟，在搬运沉重的垃圾
城市的夜，已经安静下来
灯光如同流水。他们站在阴影里
背对着城市的每一个人，现在无人了
才敢面对，迟迟回家的我

我看见在他们的眼睛里，有一种光芒
反射出城市的光辉，那是一种纯洁的光
清澈，纯粹，率真，甚至有一点顽皮
这种光曾经来自父亲
也曾经来自母亲，如今只能
隐藏在城市的角落，整理每天堆积的垃圾

他们眼睛里的光，与城市的灯盏
保持着不可接近的距离，霓虹灯的璀璨
折射出冷光源的秘密，他们眼睛里的光

是彻底的思无邪，以及流转
辛苦劳作的感恩

在超市，看见一群鸡

傍晚，我在超市陪妻子采购食品
站在鸡肉摊前，莫名的伤悲
我看见一群鸡，被剥光了羽毛
掏光了心肺，甚至脱掉了足上的鞋子
赤裸地挂在那里，案板上全是一些
已经被肢解的胸脯，大腿和腹腔
价格不同，出售一个等待的疑问

是不是我清晨听到的鸣啼，高亢的声音
穿透飘飞的乌云，呼唤乡村的清醒
让时光的色彩翻卷天空的无垠
是不是刚刚下了蛋的母鸡，红透自己的脸
告诉同伴，激动地发出追寻
追寻一个蛋。是不是跟在母亲身后的胆怯
在没有准备的时候，被命运突然宰割
幼小的梦幻

案板上没有丝毫的血，身体的每个部位
都有精确的安排，妻子想买鸡排
看看我阴沉的脸色，不知道如何是好
我拉着她的手，站在远处

我想对这些鸡鞠三个躬，表示深深的尊重
也许这样的仪式，能够让我感觉轻松

我想那些鸡毛和血液，肯定扔进了垃圾
被一辆卡车装载着，正运往农村的填埋坑
那里有一场无声的葬礼，在黑夜进行
没有任何声息，也无香火超度
那是一场庄严的洗礼，一次性彻底进入土地
千千万万个鸡的灵魂，瞬间可以回归
彼岸此岸，没有分离
思维可以传递，也能继续喊醒明天的早晨

敬　礼

在故乡的森林之中，如果一棵树
逐渐枯萎，迫近死亡的时刻
不会被连根拔起，逃离自己生长的区域
它会挺立在那儿，安静地等待风雨
剥蚀自己已经干枯的身躯，甚至在根部
收缩扩散的良心

它在向自己的生命历程致礼
生于斯，死后终将回归
还原给世界，一个十分干净的躯体
甚至森林中的流水，甚至动物
自然隐退，静静地消尸灭迹

任何碑立，都不是一种庄严的礼遇
血液浸入叶脉
肉体化为肥料，让灵魂独立
在曾经经过的路上
让故乡向自己的圆满敬礼

没有影子的乡村

消灭无数灯盏的照耀
让光影回归到乡村，清醒过去
曾经的迷惑和未来的追问

现在的辐射源是内心，足够温暖
心燃烧起来，热度就会旋转
也会吸收所有的光源

一团火，影子在光焰之内
没有影子，并不是黑暗
自身发光，圆满一切乡村期盼

寻找灵魂隐藏的中心

我抚摸陨石的来历，感知遥远的距离
曾经柔软中散发的炽热
给予了天空的美丽，几亿年前
我的灵魂居住在中心

我审视一颗麦粒，对比皮肤上的黄黑
曾经耕种和收获的艰辛，只是
完成了我生命中欠缺的经历
研磨成粉，煎熬过滤，年年岁岁
我的灵魂居住在中心

我观察每个初醒的早晨，翻开乌云的掩饰
曾经普照天下的光辉
赠与万物生长的秘密，这个时刻
我的灵魂居住在中心

任何事件和思虑，都有一个中心
我感知时间飞驰的速度，或者遥远
能够回答的问题，万事万物
是否汇集在一个弧形的盆底，不需要
寻找，灵魂中心隐藏的神秘

上学及其他（组诗）

小学一年级

那时没有幼儿园，三岁之前
父母把我拴在炕上，去“学大寨”工地
从早晨六点到晚上九点，我面前
一碗面条，一个馍，还有屎和尿

老实说，土炕上除了一张破席
一床被子，就是拴在我腰间的绳子
高高的墙上有一枚铁钉子，系住
我的安全和没有泪的哭声
三岁到六岁，总是跟在奶奶的身后
逐户走动，或者蹲在墙脚
辨识老人用树枝写的汉字

七岁入学，一年级报名，领了书本
被父亲从学校拖回家，照顾妹妹
她出生后眼睛失明，用药治疗

成了家里头疼的事情，我已没有泪
表示我的无知哭喊或者抗争

小学三年级

还是那群小伙伴，邻居的哥哥姐姐
我坐在三年级的头排，一九七三年春天
第一次数语双百，第一次知道
举手是回答老师问题，泥巴的桌子
坐在泥巴砌成的墩子上

课本我早能背诵，整个村子
没有几本书，我搜寻后全部通读
废品收购站里的连环画，还有民国读本
耗费煤油的事件，让我吃尽耳光
父亲打我，不是留情而是狠揍

三年级是我兴奋的理由，会背语录
被老师抱上书桌，让群众看清楚
一个孩子，一口气背十三条
台下一片掌声。开会读报纸
生产队记工分，闲了刻制每户的印章

我走在村子里，大人小孩知道名字
老师总在问候我吃饭，因为穷极
家里始终没有粮食，奶奶常说

吃百家饭，穿百家衣。我的幼年
因为书高兴，因为饭流泪

武术与珠算

上山下乡的知青，组织武术表演队
在学生中选拔学员，教练很勉强
选我的时候他说：是文魁不是武星
跟着学学，说不定可以长寿

拔筋三天，迈不开脚步
长掌短路，刀枪棍术旋风腿
半年时间之后，穿上了表演服
参加社员大会，逐个巡回农建工地
我尾随队伍，默诵九九归一

一颗红心，两手准备，我在夜晚
为大队会计烧炕，学习七一下加三
一推六二五，算盘珠子的舞蹈
排列成武术的话语。会计几天后疯了
绕着村庄，追赶殴打自己的孩子
胡言乱语：批孔子，亏了良心

水库工地

去水库工地之前，王老师让我

把作文抄在黑板报上，然后考试
他的女儿九岁，叫我哥哥
你能考一百，我就唱花篮的花儿香给你
她先唱了，送我走进考场

去工地的路很长，让我们搬运石头
午饭之前，召开颁奖大会
我的奖品：一双球鞋，一支钢笔
一张奖状，一本书，书名：小蜜蜂
一九七五年，五年级第一学期结束
我吃了一碗玉米棒子，沾沾自喜

水库建在山里，流水不断
当时的我，并不知道未来的路
是建造人工水面，没有任何机械
人定胜天，水库周围的窑洞
仿佛饥饿中四处张望的双眼

夜很深了，黑暗中手挽着手
前行在低矮的灌木丛之间，老师
不断地喊叫，同学们无语
十三岁的孩子，不清楚任何苦难
也不知道山区道路表达的艰险

初　中

初中两年不太考试，升学都是保送

学校把我评为学毛选的积极分子
夜里，在一盏油灯下
给生产队社员通读报纸

在碌碡上记工分，黑夜里数架子车
经常在纸上画正字，挣五分工
最难受的是冬季，还有三月的春天
这两年，我经常走向远方讨饭
老师学生都知道，有一位女同学
从家偷偷拿来馒头，塞进我的课桌

元月八日，我在小便时开始哆嗦
遍野的地震棚，让我有了许多住处
自制的油灯，随时深埋的青涩柿子
麦草垛，成就我想象的成长
九月的阴雨，哭声疯狂了一位同学
天空很低，我在王老师宿舍
誊刻和抄写新编的讲义

一九七七，藤野先生还有狄克令我困惑
父亲常常让我中断上学，习惯农具
犁耧耙耱紧跟，扬场割麦必会
学校每逢考试，老师派同学到处找我
返回教室，参加集中测试和评比

学制改革

小学在蒿店，初中也在蒿店
整个村子，沿着黄土塬南北伸展
我家窑洞面朝东，母亲以太阳影子
确定时间，不上学了
队长让我陪他逐户打炕积肥
把熟透的黄土，撒进田地

饥饿仍在延续，奶奶存储的黄豆
每天晚上给我五粒，吹熄灯盏
她说人要有良心，否则会断子绝孙
她逃亡的一生，让我知道
灵魂在上空存在飞翔的区域

在西安至兰州公路西侧，眺望
太阳升起，一望无际的麦田
把我的想象与沟谷升腾的雾气
混合在一起，十五岁的男孩子
偶尔也会知道，自己属于身体

校长与教务主任，站在父亲面前
满头大汗，他们跑了十五公里
让我返回学校，参加延长后的新学期
我丢下手中的铁锨，叩击大地

哭声震动山野，乡亲们的掌声
表示唯一的鼓励

经过高中

任何想法都是无辜，任何猜测
都走在路上。暑期挖采的中草药
换来被褥，热水瓶，还有一只挎包
备好的行装因为迟到的通知书
让我奔向高中

班主任是个数学老师，知我穷困
报名时不让买书，赠送我二刀白纸
告诉我如果被录取，就跳出农门
奔你自己的前程。也是他在周一
表扬我的作业，也是他抽我耳光
因为昨夜挤进电视室，看戏剧演出

高中的两周时间，回家背馍十分难
没有三天吃的东西，辍学很近
在大雨中狂奔，陪我的不是同学
是涩酸的热泪。八个班的高一学生
全都认识我，因为严重的迟到早退

我不可能读高中，一九七八年的粮食
不能自给，父母也不可能养我

读完高中课程，也没有攀爬命运的阶梯
通知书到达的时候，我跪在班主任
面前，磕了三个响头，仿佛祭奠
陌生的早已死去的先辈

中专之一

我喜欢崭新的书本，喜欢疑问号
之后有我直接的回音。我喜欢
陌生人的微笑，喜欢慈祥的目光
给予我回答拷问的力量，那个秋天
让我满身的污浊，彻底洗涤

幼小的身躯，集体无意识的走向
许多人帮助我，好像换了季节
别人一直督促我，跑在队伍的前方
表兄，同学，还有周末的时光
图书馆借书还书，如同小草歌唱

十六岁，没有任何思考和想法
书本上的字，在头脑中叮当作响
偏微分方程公式，仿佛蛇行的轨迹
扭曲我的肝肠，一顿饭一场梦
好像夜里生长的黄瓜，翠绿在农场

烤焦的馒头算一两，一次买 20 个

玉米糁子好喝，一顿饭两碗
饥饿对我，始终是生命成长的考验
助学金十三元，必须节省一点
去书店买一些书，例如：康熙字典

中专之二

上学读书如盲人摸象，自己的感觉
永远处在纠错的方向上，正确
在远方看着你，证明之前的差距
好像触摸深浅，用小马过河比喻

负数不会客气，复数偏执的规律
调节心境，排泄青春的无畏
永远正确的神话，在大地上解体
集训的结论，号召时刻还击

身体逐渐长高，衣服越来越小
记忆穿着夜晚黑色的睡袍，把梦境
在清晨的铃声中敲响，跑步
练习英语，早操我永远缺席

千水河畔，秦岭之巅
南郑的龙岗寺等待化石的演变
石门水库的旋梯，将混凝土的弯曲
用一根绳索，系在腰间

地质老师说：时间，最后还是时间
继承沉积的次序和命运的改变

有人计算滑坡的弧线，有人忘记
用出入证代替手纸方便，不能
在可能之间，实习的成绩
是一张图纸上，弯弯曲曲的线段
不整合的界限，现场判断

中专之三

中专三年，之外的花费六十五元
账目写在纸上，如同针芒吞在心里
缩衣节食的兴奋，完全破坏了肠胃
黑瘦弱小的身躯，加上近视的眼睛
让一个少年如同卷曲的虾米

研究人才成功的规律，在板报上
誊写自以为是的朦胧诗，编小说
写成之后命题：清水衙门
昏迷的时候，班长背着住进医院
古本四书五经，借来放在枕侧

从界子河回到学校，独自学习日语
看《悲惨世界》，与老师对话英语
新闻报道，杨陵成为农业特区

黄校长：向“四化”进军，靠你们
所有同学，共同努力

毕业了，我拖着奶奶传承的木箱
回到咸阳，等待再次分配
北大街招待所住了两周，花费了
我的全部积蓄。借债回到永寿县城
已经彻底昏迷，沉睡中的我
躺下来，背部的盗汗湿透了板床

梦在继续

读不完的书，回答不完的问题
迷恋数学的我，忘记了吃饭和穿衣
报考研究生的愿望，被父亲几句
轻描淡写的话语，撞击为粉尘
谁挣钱？谁养家？谁供养弟弟妹妹

订阅《中国日报》，巩固英语阅读习惯
日语俄语世界语，自学背诵词典
坐起来执迷，躺床上泪湿枕巾
生活的脸面要工作着色，任何红润
都必须有不断的源泉供给

下乡测水定井位，打井抽水转工地
读书变为选择，理解现实

回到自身，有工作才会有生活
有生活可能有爱情，梦想和爱好
仿佛鸟巢架在避开狂风的树上

上学及其他

智慧养育意象，仿佛一盏油灯
点亮内心，回归生命的真谛
错与对，确定划定光芒的
区域，一个人不会走在正确的路上
知识架构的体系，时刻更新

形象脱离肉体，灵魂住在体内
老师和学生往往互换身份
鲜活的经验，需要繁花似锦的思维
一朵花的开放，除了品种和土壤
更需要坚韧的意志和性格

函授教育，职业培训，学校的门
不容侧身进入，更无须鄙视
一次次地贩卖和公正的缺失
我的内心永远是一只空杯子，充满
之后仍需倾注，灵魂的光
是无限燃烧的团粒，认识你
日夜思念我，冷却的灰烬

空间的阶梯在虚无之上，领悟
精神的层次以及纵横的方向
解开物质与情感的死结，关注你
彻底的纯粹，语言塌陷的重量

写给天下的桥

1

彩虹是一个启示，奇迹可以印证
有了桥，可以跨过沟壑两岸
也可以跨越虚无

的确是跨过去了，此岸到彼岸
某些东西，无论如何也跨不过去
譬如，我和你

跨过你我，需要建造两个支墩
一个是欲望，另一个就是灵魂

2

欲望可以交换吗？没有那么容易
有些建造不是建造，虽然耻辱很低很低
却会在冰冷的天气里，以自重浮沉

灵魂能交换吗？据说灵魂的核心
高速旋转，容不进任何东西
你的灵魂属于我，我的灵魂属于你
那样的事情，接近道理

3

那么桥，是什么呢？
桥是一个躯体，压缩距离
让伤痕愈合，让间隔趋向无限亲密

桥下的水，瞬间触手可及
似水的温柔在跨越两岸，接近
无视中的熟悉，面对你
我所有的方向都逆流退回

你的宁静，在目光中流出
降临在什么地方，永远没有疑问
你在内观自己的心，那么自然
仿佛镜面上站立，影像成为目的

·后记·

诗化生活，创造自我的诗歌经验

诗歌的殿堂，对于诗人来说，就是想象力能够延伸的空间。

这种空间有垂直的维度，也有平行的维度。犹如建筑，所有材料都是用来建造一个可以利用的空间，在这个空间布置自己的生活，展开自己的精神天地。殿堂是封闭的，也是开放的。我所理解的诗人的殿堂，更多的是一朵心灵之花，无限繁复的花瓣，都是由心灵的维度构成，有内质的厚度，也有展开的宽度，而其色彩是斑斓多姿的。心灵越丰富，色彩越灿烂。诗人拥有的灵魂深度和精神广度，决定其花朵开放的大小以及花瓣的层次。

这朵心灵之花，就是诗人心中的殿堂。

作为一个业余作者，我心里十分惶恐。穿过诗歌广大而茂密的森林，需要十足的才情和勇气，而我始终是一个自卑而胆小的人，谨慎细致的心绪，并没有阻碍我的想象生发和延伸，我用笔触来感觉自己的内心。从 1984 年开始至今，很不是滋味。在黄土高原上生活了近 40 年，我完成了《黄土色泽》，从事水利工作近 40 年，我完成了《水荒》，对我的工作和生命来说，是重要的，也是根本性的，表现出我由一个普通的农民的孩子成长为一个业余诗人的全过程；《火眼睛》的出版，才让我从真正的意义上成为了一个自觉的诗人。

人的一生有许多老师，没有老师的人生是十分无聊而可悲的。开始写诗之初，给我影响最大的是耿翔先生，在永寿那个偏僻的小县城，除了写诗，还有严谨而真诚的人生态度。当时我在山沟里修建水电站，我的部分生活诗化了，被一种激情笼罩着，不间断地诞生了《黄土色泽》中的许多篇章，2011 年由黄河出版传媒集团阳光出版社出版。我要感谢王海副主席，是他在 2016 年 4 月的一次谈话中，唤醒了我，让我重新获得了一种自觉意识。其次要感谢《星星》副主编李自国老师，他从认识我开始，就给予了我极大的支持和鼓励，多方引导我完成了《水荒》《火眼睛》两部诗集。可以说耿翔、王海、李自国三位老位给我的是精神支撑，是骨是钙，是盐和铁，是血是肉，是饮食是营养。

我的许多朋友和亲戚，都是我成长过程中助力的一部分，是组成我诗歌的最重要的元素，是我在广泛的阅读中朝思暮想的圣殿和天堂。我要感谢我的诗人朋友们，他们鼓舞支持我继续书写诗歌，向着更加向上、向善、向美的诗歌前行，歌唱新时代，真正做一个不辜负伟大时代的诗人。

经过近 30 年的业余写作实践，我觉得灵魂的意志是自觉的，有精神方面，也有必然的目的。对我来说，工作是第一位的，生活是第二位的，爱情是第三位的，最后才是诗歌。从我写诗开始到现在，的确有十年时间基本上没有写诗，这种中断是因为生活也是因为工作需要，但在这十年时间内我阅读了大量的书籍，从历史地理到考古天文，从数学逻辑到量子哲学；从宗教信仰到神秘学说，从现实需要到理性思考。我穿透自己的精神需要，就是要完成自我的心灵之路，就是要将经历变为阅历，使灵魂经验经历从感性开始、到达理性、撕碎我性、点亮悟性、燃烧神性的必然过程，最后回归到诗歌神圣的殿堂。

殿堂是有根基的。殿堂的基础是以故乡为中心，逐渐向外扩展的。殿堂是有精神的支柱和敬仰的天花板的。没有边界的殿堂是没有的。殿堂是有台阶的，是一步一步可以迈进的，超越或者穿越只能假想，不能实践。殿堂往往是空荡荡的，其中有另外一个自我居住，而且魂不守舍。殿堂之内是火焰燃烧的地方，殿堂之外是生活宽大而广阔的背景，殿堂之下是历史的厚度和充足的养分，殿堂之上是宇宙的深邃和生命鲜活的恩泽。殿堂的位置在内心。心灵的殿堂是相通的。

殿堂往往是神圣的。诗是书写诗人的心。诗是书写诗人灵魂的纯洁和爱的深沉和广大。因此，诗人的殿堂总是在内心开始搭建，从内心开始逐渐走向远方。纯洁自己的内心，用纯粹的语言叙述心灵展开的方式，也就是诗。殿堂是创造出来的，不是自然物质原有的状态，也不是自我认识的提高能够发现和拥有的。因此，必须经过一系列的活动才能系统地建构出来，创造一种自我的诗歌经验。殿堂不是灵魂的躯壳，而是灵魂的包裹线。灵魂居住在殿堂的中心，殿堂的空间充满灵魂的光芒。在意识中，那些明亮的部分，都属于殿堂。

殿堂的种类很多，每一个人可以搭建一个，一个人也可以建构许多殿堂。在诗人的心灵中只有一个殿堂，这个殿堂是存放意象的，是敬仰象征的，是意识的归宿，也是创造的最终场所。殿堂是虚无的，也是实际的。虚无的殿堂属于心灵，实际的殿堂往往属于生活的欲望。建构心灵的殿堂必然缩小生活的殿堂。殿堂是有生命的，殿堂的生命隐藏在灵魂之中，无限生长无限延长无限循环，这个殿堂会容纳无数灵魂，结为一体，共同燃烧，永生不灭。因为灵魂在燃烧，所以殿堂的生命实质不可以触摸，不可以眼观，也不可以品尝，更不是可以丈量的。每个人的自我可以感知到，可以扩建，可以改造，用想象力支撑起来。这个殿堂也会因为贪婪和欲望而倒塌，也会因为欲望的强大而收缩自己的内在的光芒。精神的殿堂如果塌了，肉体会归于腐朽，物质会归于尘土，一个诗人的诗歌经验也会终结。

许多诗人的殿堂耸立在远方，那些只能是敬仰的背影。你的殿堂永远在前方，引领你继续前进。

在这里，我要首先感谢我的妻子和孩子，是他们在日常生活中照顾和帮助，给了我写诗的勇气和动力；同时要感谢单位领导、同事和各位诗友，是他们在工作之余给我的关心和支持，带给我创作的灵感和写诗的胆量，我对他们致以真挚的感谢。

感谢李自国老师，感谢各位编辑的辛勤付出以及对诗歌的崇高敬意。

诗让我们走向永远。

凌晓晨

2018 年 7 月 29 日